Carl Sternheim
Die Hose

Aus dem bürgerlichen Heldenleben

Carl Sternheim
Die Hose
Ein bürgerliches Lustspiel

Sammlung Luchterhand

Der Text folgt der Ausgabe Carl Sternheim Gesamtwerk, Band I
Herausgegeben von Wilhelm Emrich, Neuwied 1963

FSC www.fsc.org
MIX
Papier aus verantwortungsvollen Quellen
FSC® C083411

Verlagsgruppe Random House FSC® N001967

5. Auflage

in der Verlagsgruppe Random House GmbH,
Neumarkter Str. 28, 81673 München
Umschlaggestaltung: Peter Hassiepen, München
Satz: Uhl + Massopust, Aalen
Druck und Einband: CPI books GmbH, Leck
 Printed in Germany
ISBN 978-3-630-61224-9

www.luchterhand-literaturverlag.de

Als ich neunzehnhundertundacht ein bürgerliches Lustspiel veröffentlichte, kannte die deutsche Bühne nach Gerhart Hauptmanns Naturalismus nur die Maskerade vom alten Fabelkönig, der jungen Königin, dem famosen Pagen, die unter mannigfaltigen Verkleidungen neuromantisch auftraten; reich kostümiert von Wirklichkeit fort Glanz sprachen, Erhabenheit handelten. In meinem Stück verlor ein Bürgerweib die Hose, von nichts als der banalen Sache sprach in kahlem Deutsch man auf der Szene.

Ob solcher Einfalt fällte Welt das Urteil: wie war das Dichtung? Eine bürgerliche Hose und fünf Spießer, die von ihr räsonierten? Wo blieb gewohnter Glanz (ersatz) wo (Pseudo) Naturalismus? In einer Sprache redeten dazu von der Albernheit die Leute, die in keinem Buch, keiner Zeitung stand, und die kein besserer Bekannter sprach.

Der Autor, offenbarer Absicht, ließ der Komödie eine Anzahl anderer folgen, die der ersten wesentlich Neues nicht hinzufügten. Von durchschnittlichen Dingen sprach man weiter, behandelte Beiläufiges mit Emsigkeit und einem Nachdruck, der vorher nicht an bürgerliche Welt gewandt war.

Doch diese Welt, die in der Öffentlichkeit keine Rolle spielen mochte, anderen der Verantwortung Ehre und Bürde überließ, blieb, als sie eines neugierigen Auges Scheinwerfer auf sich gerichtet sah, verwirrt und wie ertappt: schrie aus vollem Hals den Friedensstörer an, und die ergebene Presse des Iuste milieu zog blank. Um neunzehnhundertundzehn las man in allen Feuilletons: Derartige Herzlosigkeiten verbitte man sich! Erlaubt sei von zurückgebliebenen Edelleuten und modernen Proletariern (als nicht »zur Welt« gehörig) Darstellung. Der Bürger aber – da war hinter einem Wall verabredeter Ideologien, Gaswolken von Apotheosen, Schützengräben von Metaphern, des Geschäfts der Tratten und des Verrechnungsschecks riskierte Wirklichkeit.

Sieben Komödien schrieb ich von 1908 bis 1913. Die letzte, die des Vorkriegsjahres Namen trägt, zeigte, wohin in aller Einfalt des Bürgers Handel gediehen war. Vom Dichter gab es nichts, nur noch von Wirklichkeit hinzuzusetzen. Trotz vielfach öffentlicher Darstellung und Verbreitung durch Druck hatte niemand gemerkt, wohin mit meinem Werk mein Wille ging. Der einzige Franz Blei drohte durch unbeherrschtes Entzücken größere Aufmerksamkeit gegen mich zu entfesseln, ehe die Zeit vom Bürger gleiche Leistung wollte, die ich ihn literarisch ab neunzehnhundertundacht in seinen stärksten Repräsentanten vollbringen ließ. In des »bürgerlichen Heldenlebens« sämtlichen Komödien ist wie in allen Erzählungen, die ihm folgten, und die als »Chronik von des zwanzigsten Jahrhunderts Beginn« vorliegen, mit des Helden Einschluß alles Bürgertum der eigenen gehätschelten Ideologie inkommensurabel, vor der Vielzuvielen Hintergrund des jeweiligen Werkes Hauptfigur aber ein zu sich und ihm ursprünglichen Kräften gegen gesellschaftlichen Widerstand leidenschaftlich heldisch Gewillter.

Durch klischierte, von den offiziellen Dichtern bis in die neueste Zeit besungene Bilderbuchtugenden ragt er nicht hervor, doch bringt er statt seiner Umgebung pastos gemalter, spießbürgerlicher Vermoderung aus eigenen Quellen fanatische Besessenheit zu eigenen Zielen mit. Schippel, Maske in dreifachem Aufguß doch auch Meta und Busekow sind nicht mehr wahnverwirrte, doch schon zur Wirklichkeit geweckte Deutsche, die ob ihrer eigentümlichen Art, Welt anzupacken, das allgemeine Erstaunen ihrer Landsleute weckten.

Nicht Ironie und Satire also, die als meine Absicht der Reporter lügnerisch festgestellt hatte und Menge nachschwatzte, doch vor allgemeiner Tat aus meinen Schriften schon die Lehre: daß Kraft sich nicht verliert, muß der Mensch auf keinen überkommenen Rundgesang doch seinen frischen Einzelton hören, ganz unbesorgt darum, wie Bürgersinn seine manchmal brutale Nuance nennt.

Einmaliger unvergleichlicher Natur zu leben, riet ich dem Lebendigen, damit keine Ziffer, doch Schwung zu ihrer Unabhängigkeit entschlossener Individuen die Gemeinschaft bedeute, mit dem allein aus der Nation und Menschheit ein Ziel erreichbar ist. Seit dem Augenblick besonders, da ich diese meine einzige Absicht durch einen Aufruf verkündete, organisiert aus meiner fühlbaren Wirkung sich Widerstand. Nicht erstaunlich ist es, die Gegner finden sich besonders unter den jüngsten Schreibenden, da unsere Jugend die eigene Zukunft selten geistigem Anschluß doch tragendem Angriff vertraut.

So wimmelt Buch und Presse aus ihrer Feder vom unwiderstehlichen Bedürfnis nach Menschlichkeit, dem Bekenntnis des zum Nächsten orientierten Dämons in jeder Brust. Vom großen, liebesbestimmten Akt, mit dem die Welt vor allem anderen schwanger ist.

Der sicher einmal kommende Friede muß ihnen Erfolg und Zutrauen zu ihnen bei den Massen der Gebildeten stärken.

La Hulpe 1918 Carl Sternheim

Zum zehnten Tausend

Ich habe die obigen gleichen Absichten meines Werkes fortgesetzt, ohne die Zeitdeutschen aus ihrer fortschreitenden Assimilation und Minderwertigkeitsekstase aufrütteln zu können.

Uttwil 1926 Carl Sternheim

Personen

Theobald Maske, *Beamter*
Luise Maske, *seine Frau*
Gertrud Deuter
Frank Scarron
Benjamin Mandelstam, *Friseur*
Ein Fremder

Die Szene ist dauernd Maskes Wohnstube
Zeit 1900

Erster Aufzug

Erster Auftritt

Theobald und Luise treten auf:

Theobald:

Daß ich nicht närrisch werde!

Luise:

Tu den Stock fort!

Theobald *schlägt sie:*

Geschändet im Maul der Nachbarn, des ganzen Viertels. Frau Maske verliert die Hose!

Luise:

Au! Ach!

Theobald:

Auf offener Straße, vor den Augen des Königs sozusagen. Ich, ein einfacher Beamter!

Luise *schreiend:*

Genug.

Theobald:

Ist nicht zu Haus Zeit Bänder zu binden, Knöpfe zu knöpfen? Unmaß, Traum, Phantasien im Leib, nach außen Liederlichkeit und Verwahrlosung.

Luise:

Ich hatte eine feste Doppelschleife gebunden.

Theobald *lacht auf:*

Eine feste Doppelschleife. Herrgott, hör das niederträchtige Geschnatter. Eine feste – da hast du eine feste Doppelohrfeige. Die Folgen! Ich wage nicht, zu denken. Entehrt, aus Brot und Dienst gejagt.

Luise:

Beruhige dich.

Theobald:

– Rasend …

LUISE:

Du bist unschuldig.

THEOBALD:

Schuldig, ein solches Weib zu haben, solchen Schlampen, Trulle, Sterngucker in.

Außer sich:

Wo ist die Welt?

Er packt sie beim Kopf und schlägt ihn auf den Tisch. Unten, im Kochtopf, auf dem mit Staub bedeckten Boden deiner Stube, nicht im Himmel, hörst du? Ist dieser Stuhl blank? Nein – Dreck! Hat diese Tasse einen Henkel? Wohin ich fasse, klafft Welt. Loch an Loch in solcher Existenz. Schauerlich!

Mensch, bedenke doch! Ein gütiges Schicksal gab mir ein Amt, das siebenhundert Taler einbringt.

Schreit:

Siebenhundert Taler! Dafür können wir ein paar Stuben halten, uns tüchtig nähren, Kleidung kaufen, im Winter heizen. Erschwingen eine Karte in die Komödie, Gesundheit spart uns Arzt und Apotheker – der Himmel lacht zu unserm Dasein.

Da trittst du auf mit deiner Art und zerstörst unser Leben, das gesegnet wäre. Warum noch nicht geheizt, warum die Tür auf, jene zu? Warum nicht umgekehrt? Warum läuft die Uhr nicht?

Er zieht sie auf.

Warum laufen Töpfe und Kannen? Wo ist mein Hut, wo blieb ein wichtiges Papier, und wie kann deine Hose auf offener Straße fallen, wie konnte sie?

LUISE:

Du weißt, kanntest mich als junges Mädchen.

THEOBALD:

Nun?

Luise:

Und mochtest gern, ich träumte.

Theobald:

Für ein junges Mädchen gibt es nichts Besseres dem Unmaß freier Zeit gegenüber. Es ist sein Los, weil es an Wirklichkeit nicht herandarf. Du aber hast sie, und damit ist der Traum vorbei.

Luise:

Ja!

Theobald:

Luise, sieh meine tiefe Bewegung.

Luise:

Ich will dir glauben, lieber Mann.

Theobald:

Auf offener Straße!

Luise:

Bleibt unbegreiflich.

Theobald:

Lachende Grimassen, Gassenbuben, Laffen. Daß ich nicht närrisch werde!

Luise:

Fängst du wieder an.

Theobald:

Das Herz stand mir still. Jedem Aufsehen abhold, wie du weißt. Erlaube ich dir ein Kleid, einen Hut nach der Mode? Warum mußt du dich so unvorteilhaft herausputzen? Weil dein niedliches Gesicht viel zu pochend für meine bescheidene Stellung ist, dein Busen, deine Augen zu herausfordernd. Könnte ich dir doch begreiflich machen, jedes Ärgernis der Welt stammt aus dem Nichtzusammengehen zweier ein Ding bildenden Faktoren.

Luise:

Hör auf; ich ertrage es nicht länger.

THEOBALD *laut:*

Zweier ein Ding bildenden Faktoren! Mein Amt, dein Aussehen gehen nicht zusammen.

LUISE:

Ich kann nicht dafür, Gott schuf mich so.

THEOBALD:

Gott ist nicht schuld. Eine schamlose Erziehung, die die Haare wellt und rollt, eine an sich harmlose Brust durch den Schnürleib hinausdrängt. Die Pest über kupplerische Mütter!

LUISE:

Mutter war eine ehrenwerte Frau.

THEOBALD:

Verlöre ich mein Amt!

LUISE:

Warum?

THEOBALD:

Die königliche Majestät soll nicht weit gewesen sein. Jesus!

LUISE:

Theobald!

THEOBALD:

Ein Zucken seiner Braue, ich sinke in den Staub, aus dem ich mich nicht erheben könnte. Not, Schande, Hunger, das Ende eines Lebens voll Mühsal.

LUISE:

Du marterst mich.

THEOBALD *das Haupt in die Hände:*

Oh, oh – – oh!

LUISE *nach einer Pause:*

Ist dir ein Hammelschlegel und grüne Bohnen recht?

THEOBALD:

Auf offener Straße! Welches Glück, daß kein Kind drohende Folgen mitzuerwarten hat.

Luise:

Ich dachte an eine Himbeerschüssel.

Theobald:

Die Majestät!

Luise:

Vater schreibt, er schickt neuen Wein.

Theobald:

Wieviel Flaschen?

Luise:

Eine Mandel.

Theobald:

Haben wir noch?

Luise:

Fünf Flaschen.

Theobald:

Hm. Hammelschlegel. Und gut gesalzen. Frau, Dämonen sind aus unserer Seele wirkend. Knechten wir sie nicht mit unseres Willens ganzer Gewalt – man sieht nicht ab, wie weit sie es bringen. Himbeeren mit Sahne. Wo willst du Sahne so schnell herbekommen?

Luise:

Die Deuter läßt mir ab.

Theobald:

Glaubst du? – Putzsucht! ja, ja – –

Er setzt sich in einen Lehnstuhl ans Fenster und nimmt die Zeitung.

Luise *am Herd beschäftigt.*

Theobald:

Da – auch die Seeschlange soll in den indischen Meeren wieder aufgetaucht sein!

Luise:

Grundgütiger, kann man das glauben!

Theobald:

Der Kurier meldet es.

LUISE:

Z. Z.

THEOBALD:

Gottlob sind die dortigen Gegenden wenig oder gar nicht belebt.

LUISE:

Wovon ernährt sich solch ein Tier?

THEOBALD:

Ja – die Gelehrten streiten. Es muß einen furchtbaren Anblick bieten. Da bin ich lieber in gesicherten Bezirken, meinem Städtchen. Man soll sich sehr auf das Seine beschränken, es festhalten und darüber wachen. Was habe ich mit dieser Schlange gemein? Regt sie nicht höchstens meine Phantasie auf? Wozu das alles?

Erhebt sich.

Hat man seine Stübchen. Da ist einem alles bekannt, nacheinander hinzugekommen, lieb und wert geworden. Muß man fürchten, unsere Uhr speit Feuer, der Vogel stürzt sich aus dem Käfig gierig auf den Hund? Nein. Es schlägt sechs, wenn es wie seit dreitausend Jahren sechs ist. Das nenne ich Ordnung. Das liebt man, ist man selbst.

LUISE:

Gewiß.

THEOBALD:

Mir den Feiertag mit solcher Aufregung zu verderben! Bete, daß uns bleibt, was wir haben, und mach den Braten gut. Ich will nun doch einmal gehen und hören, was man über den vermaledeiten Fall zu schwatzen weiß.

LUISE:

Bist du wieder gut?

THEOBALD:

Beim Nachdenken darüber, wie wohl es uns bis heute geht, hat Gott mich bewegt. Und denke daran, die Tulpen wollen Wasser. Bete, Luise!

Er geht, man sieht ihn durch die Flurtür die Treppe hinab verschwinden.

LUISE *ist ihm auf den Vorplatz gefolgt, hat ihm nachgesehen. Jetzt ruft sie:*

Nachbarin!

DEUTER *von unten:*

Sind Sie es, Frau Maske? Guten Morgen.

LUISE:

Haben Sie von meinem Unglück gehört?

DEUTER *erscheint oben:*

Es muß ja nicht groß gewesen sein.

LUISE:

Kommen Sie einen Augenblick herein?

DEUTER:

Ich bin so frei.

Zweiter Auftritt

Luise und Fräulein Deuter treten ein.

DEUTER:

Wie die Kieswetter erzählt, war es eine von den reinleinenen und sah soweit proper und reputabel aus.

LUISE:

Schon –

DEUTER:

Doch daß Sie Ihre Buchstaben rot eingestickt haben – heute trägt doch alle Welt weiß. Schließlich hatten nur wenige des Vorfalls acht, weil der König in nächster Nähe fuhr, und alles nach ihm sah. Ist wohl das Band gerissen?

LUISE:

Als ich mich nach dem Kutscher reckte.

Deuter *lacht.*

Luise:

Eine schöne Bescherung. Plötzlich sieht unten der weiße Saum heraus. Ich wage nicht, mich zu rühren.

Deuter:

Der Gemahl außer sich?

Luise:

Ganz aus dem Häuschen. Und der alte Schwall auf unsere Liederlichkeit.

Deuter:

Sie sollen reizend ausgeschaut haben.

Luise:

Wer sagt's?

Deuter:

Die Kieswetter. Ein paar Herren müssen die Hälse erstaunlich gewendet haben.

Luise:

Ich bin mit Anstand aus der Geschichte gekommen. Erst einen Schritt aus der Umschnürung, blitzschnell gebückt und unter die Mantille damit.

Deuter:

Morgen wird man schon sagen, das Ganze sei eine wohlberechnete Koketterie.

Luise:

Die bösen Zungen!

Deuter:

Wer aussieht wie Sie, lacht die Welt aus.

Luise:

Mein Mann kann das Geschwätz um den Tod nicht leiden.

Deuter:

Ihr Mann wird sich an vieles gewöhnen.

Luise:

Warum, Fräulein Deuter?

Deuter:
Weil Sonnenschein Lust macht, darin zu spazieren.

Luise:
Wie?

Deuter:
Meine kleine gute Frau Maske, Ihren Mann mag ich gar nicht leiden.

Luise:
Der liebe Theobald.

Deuter:
Ach Gott!

Luise:
Aber wirklich!

Deuter:
Schon recht.

Luise:
Aber Fräulein Deuter! Haben Sie ein Näpfchen Sahne für mich übrig?

Deuter:
Viel für Sie übrig. Sind Sie in diesen Tagen nicht ein Jahr verheiratet?

Luise:
Übermorgen ein Jahr.

Deuter:
Und nichts rührt sich? Keine Aussicht auf Kindergeschrei?

Luise:
Ach –

Deuter:
Kann das Zufall sein? Wie ich meinen Herrn Theobald kenne –

Luise:
Schweigen Sie!

DEUTER:

Sie sollen Ihre Sahne haben.

Exit.

Dritter Auftritt

SCARRON *nach einem Augenblick sehr schnell von unten die Treppe hinauf.*

LUISE *die auf dem Treppenvorplatz stehen geblieben war, tut einen Schrei.*

SCARRON:

Erschreckte ich Sie? Kennen Sie mich?

LUISE:

Zu wem wollen Sie?

SCARRON:

Ich bin recht.

LUISE:

Hier wohnt –

SCARRON:

Wer noch?

LUISE:

Mein Mann kommt gleich zurück.

SCARRON:

Bis dahin soll alles gesprochen sein.

LUISE:

Mein Herr!

SCARRON:

Darf ich ein Gleichnis sagen, Dame? Ohne Umschweif ein großes Wort wagen? Nein. Verzeihung. Ich gehe, viel zu erregt, zu wenig Herr meiner Seele, die ich eben noch hatte, und die nun, mir entrissen, durch diese Diele tanzt.

LUISE:

Man kommt, darf uns nicht mitsammen sehen.

SCARRON *verschwindet die Treppe hinauf.*

Vierter Auftritt

DEUTER *kommt, einen Napf in der Hand:*

Da! Ihre Kleider, Wäsche vor allem, sind ein wichtiges Kapitel. Doch läßt sich auch mit einem Band, einem Schleifchen manches herrichten. Ich könnte Ihnen etwas zeigen. Es liegt nicht immer an den Kleidern, gefallen wir. Liebe Augen haben Sie. Auf ein andermal, wir sprechen darüber. Heute lassen wir uns besser nicht erwischen, kleine Kokette.

Sie läuft lachend die Treppe wieder hinab.

Fünfter Auftritt

Scarron erscheint wieder.

LUISE:

Haben Sie ein Anliegen?

SCARRON:

Ich habe, Dame, wollen Sie das wissen, den Vorwand.

LUISE:

Kurz –?

SCARRON:

Heute morgen in der großen Allee des Tiergarten!

LUISE:

Himmel!

Scarron:

Plötzlich bricht mir Entzücken in alle Glieder. Eine junge Frau –

Luise *abgewendet.*

Scarron:

Der ich an Wunder glaube, die Stadt seit Monaten hungrig nach ihm durchrase, blitzschnell um hundert Straßenecken nach ihm biege, mir erscheint's unter einer Linde. In Sonne getaucht, braun angeschmiedet an hellgrünen Stamm, unter verwirrten Augen ein hilfloser Leib. Blöde gierige Menge und ein bezauberndes Martyrium. Ein blendender Scherz Gottes. Wie ich da vor Leben aufzuckte! Was ich mit Ihnen in drei Augenblicken litt, bis Sie zur Erde griffen, stellte mein Herz von dem fort, was ich bis gestern zu lieben meinte, Ihnen nah. Noch spreche ich Ihre Sprache nicht, bleibt unverstanden zwischen uns, was nicht reines Blut ist, doch wie bald kann ich aus Gebärde, Blick, Worten lernen, was Ihnen wohltut, daß es gesagt wird.

Luise *macht eine Gebärde.*

Scarron:

Ich weiß, Ihre Begriffe lassen solche Atemlosigkeit der Empfindung nicht zu, da sie durch keine Dauer des Verkehrs legitimiert ist. Schweigen aber ist Andacht.

Ein Augenblick des Schweigens. Scarron sitzt mit geschlossenen Augen.

Luise:

Mein Herr!

Scarron:

Sie wissen nicht, wer ich bin?

Luise:

Meine, Sie gesehen zu haben.

Scarron:

Wann?

Luise:

Heut morgen.

Scarron:

Sonst nicht?

Luise:

Bestimmt nicht. An Orte, die Sie bevorzugen, komme ich nicht. Mein Leben läuft in diesen Wänden.

Scarron *tritt dicht an sie heran.*

Luise *weicht.*

Scarron:

Hören Sie ein Schicksal!

Luise:

Ich fürchte mich.

Scarron *kniet:*

Von heute an muß ich Sie begehren mit der Kraft meiner Seele. Mir ist dies, da ich es ausspreche, solche Seligkeit, daß ich nicht frage, was Sie meinen. Nicht, ob Sie mich zum Teufel jagen oder wiederbitten.

Luise:

Eine Kühnheit ohnegleichen. Stehen Sie auf!

Scarron:

Die Gewißheit fuhr mir so in die Glieder, daß ich nicht dazu imstande bin. Töten Sie mich, aber lassen Sie mich sitzen.

Luise:

Um Gottes willen! Käme mein Mann.

Scarron:

Sie sind richtig kastanienbraun.

Ich miete zwei Zimmer, die Sie am Fenster annoncieren. Sie glühen eine Kastanie über Kohlen. Betrachten wir's als ausgemacht. Die Gespräche darüber sind gewesen.

Luise:

Ein so vornehmer Herr bei uns. Wer mag das glauben?

Scarron:

Sobald ich das Freie wieder gewonnen habe – ich verspreche, nie anders als im Kleid des schlichtesten Bürgers herzukommen.

Luise:

Sie versetzen mich in tiefste Bestürzung.

Scarron:

In abgrundtiefe Sie mich.

Luise:

Die Zimmer mieten.

Scarron:

Will ich –

Luise:

Kommt er –

Scarron:

Vorstellen einfach.

Luise:

Herr?

Scarron:

Scarron. Zwischen dem ersten Ton seines Schlüssels im Schloß und dem Eintreten bleiben Sekunden, sich zu erheben.

Luise:

Sie bei uns?

Scarron:

Wo?

Luise:

Ein Schlafzimmer, Wohnzimmer, o Gott!

Scarron:

Einfach: o Gott! Das ist aller Inhalt. Warum zittern Sie?

Luise:

Bitte –

Scarron:

Ich bin eine Kirchenglocke. Mein Strang hängt gelähmt.

Schlagen Sie mich an, läute ich Ihrer Kehle helle Schreie. Genug. Ich gehe. Wann komme ich wieder?

LUISE:

Er muß bald zurück sein.

SCARRON:

Ich bin erwartet?

LUISE *schweigt.*

SCARRON:

Ich bin erwartet!

LUISE:

Ja.

Sie stehen vor der Leiter.

SCARRON *stürzt hinaus.*

Sechster Auftritt

LUISE *steigt wie im Traum die Leiter hinauf, steht einen Augenblick oben, da kommt Fräulein Deuter.*

DEUTER:

Die Tür auf? Jesus, was tun Sie im Himmel?

LUISE:

Die Gardinen – – –

DEUTER:

Mit den längsten Armen reichen Sie an die Gardinen nicht. Übrigens verlieren Sie wieder – nein, ich scherze. Doch hängt das Bändel wieder so, daß Sie beim Herabsteigen darüber fallen. Sie sind doch, was mir längst feststand, eine ganz übersinnliche Person.

LUISE:

Spotten Sie nicht.

DEUTER:

Wie heißt Ihr Gott, Frauchen? Daß ich keine Nachbarin

im Sinn einer Guten-Ruf-Mörderin bin, wissen Sie. Soll idl dreist heraussagen, was ich von Ihnen will?

LUISE:

Helfen Sie mir hinunter.

DEUTER:

Bleiben Sie. Es paßt zum Inhalt meiner Worte. Die Bildung meines Gesichtes reichte nicht hin, die unbändige Lebenslust, die mir gegeben ist, zu erfüllen. Sie aber sind so sichtlich begnadet, daß meine Wünsche zu ihrem Recht kommen müßten, dürfte ich aus der Nähe hören, sehen, was Ihnen, wollen Sie, vergönnt ist.

LUISE:

Ich verstehe nicht.

DEUTER:

Ob Sie mich gern mögen?

LUISE:

Gewiß.

DEUTER:

Ohne Worte wissen, ich stehe bei Ihnen?

LUISE:

Sie werden mir nichts Böses tun.

DEUTER:

Was wollte er?

LUISE:

Denken Sie!

DEUTER:

Ein Edelmann! Ich gäbe zehn Jahre meines Lebens. Wie hieß der Vorwand?

LUISE:

Es war ein richtiger Grund da. Er sah mich heute morgen.

DEUTER:

In der ganzen Glorie?

LUISE:

Doch.

DEUTER:

Ein Genuß! Sie sind ein Mensch, der vielen Menschen Freude macht. Sprang wie ein Tiger darauf?

LUISE:

War ungebärdig.

DEUTER:

Schüttelte am Weltenbaum und hat Sie überwältigt.

LUISE:

Die Zimmer mietet er von uns.

DEUTER:

Herrlich! Nun ist Ihr Zug zu den Höhen begreiflich.

LUISE:

Fangen Sie mich.

Sie springt hinab.

DEUTER *küßt sie:*

Herausstaffieren will ich Sie, daß es eine Art hat, so daß auswendig für den Herrn Theobald das alte Aschenbrödel bleibt. Innen aber soll's ein weißer Traum mit ein paar bunten Schnörkelschleifen zum besten Angedenken sein. Am Knie eine rosenrote wie eine Barriere. Hören Sie zu: Sechs Meter feinen Batists geben sechs Beinkleider. Ein blitzsauberes Modell leih ich mir her, und erfrägt man auch manches. Vier Meter feine geklöppelte Kante für die Röcke.

LUISE.

Was träumen Sie! Ich bin eine honette Frau.

DEUTER:

Er aber ein Held! Barrikadenstürmer!

LUISE:

Sie sind ja eine rechte Kupplerin.

DEUTER:

Einverstanden. Es gibt nichts Besseres, steht man selbst draußen vor der schwarzen Wand.

LUISE:

Was das für alberne Geschichten sind. Wissen Sie doch, mein Mann dreht ihm beim ersten Anblinzen den Hals um.

DEUTER:

Einfalt. Ist's der Frau nah, darf ein Gatte ein Dutzend Augen haben, sie streut sie ihm voll Sand.

LUISE:

Ich sage ab.

DEUTER:

Zu spät. Schon hängt im Grau Ihrer Häuslichkeit zuviel Sehnsucht am Fenster und schaut aus. Warum, Liebste, hat der Hausherr die ihm zustehende Frist eines Jahres nicht benutzt, Ihre Adern mächtig mit sich aufzublasen? Warum gehen Sie nicht aufgepolstert mit ihm herum, dürfen in sich hineinhören? Wo blieb Gottes Segen in dieser Ehe?

LUISE:

Wir waren darum betrogen, da wir sparen müssen. Unserm Gehalt steht ein Kind nicht.

DEUTER:

Doch ist den ewigen Ausflüchten seiner Pflicht gegenüber in Ihnen ein Richter entstanden.

LUISE:

Hing's doch an einem seidenen Fädchen, ich stünde heute als Mädchen vor Ihnen. Er hat das Gegenteil nicht gewollt.

DEUTER:

Der Barbar!

LUISE:

Mit siebenhundert Talern war sein täglicher Spruch –

DEUTER:

Schlagen Sie Ihr Auge hoch zu Gott. Zu seinem Glück ist der Mensch berechtigt. Und auch die Helferin darf beruhigt an ihre Brüste klopfen. Geben Sie Ihre Hand in meine.

LUISE:

Weiß der Himmel, mein Wille läuft mit Ihnen.

DEUTER:

Nun müßte der Gemahl Theobald schon ein Kerl sein, wollte er's von sich abwenden.

LUISE:

Um Gottes willen! der Hammel!

DEUTER:

Wer?

LUISE:

Das Mittagessen, sage ich.

DEUTER:

Hammel haben Sie heute wie ich?

LUISE:

Habe ihn nicht; vergessen über dem Geschwätz.

DEUTER:

Warten Sie. Mein Schlegel wandert in Ihren Topf. Zum Hammel gehören Bohnen. Darf ich dazu tun?

LUISE:

Sie Gute. Und Sie selbst?

DEUTER:

Spiegelei! Bin gleich zurück.

Sie läuft davon.

LUISE *geht zum Fenster und nimmt den Wohnungszettel herein. Dann macht sie Feuer im Herd, wobei sie summt:*

Früh, wenn die Hähne krähn,
Eh die Sternlein verschwinden,
Muß ich am Herde stehn,
Muß Feuer zünden.

Dann geht sie vor den Spiegel, beschaut sich, tritt wieder vor den Herd, summt weiter.

DEUTER *kehrt mit einem Topf zurück:*

Schnell auf die Glut. Er ist gleich gar. Geben Sie eine Spitze Butter, Ahnung Salz zu.

LUISE:

Was bin ich schuldig?

DEUTER:

Hören Sie zu. Oft wollte ich es Ihnen sagen! Ihr Mann ist Maschine. Gehen Sie ihm in den Weg, sind Sie überfahren. Da er aber wie alle Dampfspiele sein Kommen ankündet, ist es leicht, ihm auszuweichen. Zur vollständigen Sicherheit biete ich mich als Streckenwärter an, meine rote Fahne in der Hand. Die senke ich, soll er halten. Inzwischen finden Sie Zeit, den Mast auf freie Fahrt zu stellen.

LUISE:

Da ich fühle, wie frei meine Seele sich regt, haben Sie das letzte Bedenken fortgesprochen. Ja, ich will aus diesem Dienst, diesen Zügeln und Banden, von diesem aufgehobenen Finger zur Freiheit fort. Helfen Sie mir!

DEUTER:

Nur, wenn Sie beherzigen, was ich riet. Sie seliges Närrchen. Lassen Sie den Verstand einen zuverlässigen Verwalter Ihrer reichlichen Gelegenheiten in den Dienststunden des Mannes zwischen neun und drei Uhr sein, und in seiner Freizeit erfüllen Sie Ihre Pflicht, so kann's nicht fehlen. Der Edelmann aber lege seine angebliche Tätigkeit in die Zeit, da der Gatte ausruht. So entgehen Sie dem Zusammentreffen beider und tausend Verlegenheiten. Genug für jetzt. Und darf ich einkaufen?

LUISE:

Doch bringen Sie Rosen statt Veilchen und rechnen Sie für sechs Meter acht.

DEUTER:

Ein Zyklop muß Theobald sein, will er seinem Schicksal

entgehen. Ein richtiger Riese. Was haben Sie noch auf dem Herzen?

Luise:

Verurteilen Sie mich nicht.

Deuter:

Nie konnte ich in mir was Urteil ist feststellen. Für mich gab's immer nur Wünsche, statt jedes nicht erfüllten zwei neue.

Luise:

Als nähme man ein Hundertzentnerstück mir vom Haupt.

Deuter:

Als wäre man Kind noch einmal.

Luise:

Noch wäre nichts geschehen –

Deuter:

Noch käme das junge Mädchen daher.

Luise:

Träumte – –

Deuter:

Verlangte – –

Luise:

Unsagbar, sich – –

Sie fassen einander bei Händen und tanzen im Reigen

Ringel, Ringel Reihen,
Sind der Kinder zweien,
Tanzen unterm Holderbusch,
Machen beide: husch, husch, husch.

und unter Lachen enteilt Fräulein Deuter.

Luise:

Schnell! Himbeere bleib nicht länger verborgen. Wie er heißen mag? Zwei Löffel Zucker. Was für eine Welt er mit sich bringt! Mir fällt ein Bild ein: unten lag in einem Schleier die Frau, er beugt sich, da spreizt sie den Fuß.

Vater muß mir ein Paar Schuh schenken. Nun aber den Tisch gedeckt; drei Uhr vorbei.

Sie lacht.

Das Signal ziehen.

Siebenter Auftritt

THEOBALD *tritt mit Mandelstam auf:*
Was waren das am Fenster mit dem Mietzettel für widerwärtige Faxen?

LUISE:
Die Zimmer sind, bist du einverstanden, vermietet.

THEOBALD:
Oho!

Zu Mandelstam.

Was sagen Sie? Sein Sie indessen unbesorgt. Sie haben mein Versprechen. Freilich eine kritische Situation.

Zu Luise.

Für?

LUISE:
Fünfzehn Taler.

THEOBALD:
Inklusive?

LUISE:
Ohne.

THEOBALD *zu Mandelstam:*
Denken Sie: fünfzehn Taler ohne.

MANDELSTAM:
Ich verstehe nicht.

THEOBALD:
Ohne Kaffee. Das kann einem in der Tat die Haare zu Berg treiben. Wäre ich nicht vor die Tür gegangen!

Zu Luise.

Hätten mich deine Firlefanzereien nicht getrieben! Ein Unglück kommt selten allein, und du siehst, wie sich's schlimm verkettet.

Zu Mandelstam.

Mir ist Geldgier fremd, des Mieters Person fällt nicht weniger schwer als Gold in die Wagschale, aber – – Sie sind Barbier, Herr?

MANDELSTAM:

Mandelstam.

THEOBALD:

Semit?

MANDELSTAM:

Doch nicht.

THEOBALD:

Drehen Sie sich ans Licht.

MANDELSTAM:

Mit einem M. Stam.

THEOBALD:

Ich bin Deutscher. Mache keinen Lärm um die Judensache, doch am besten das Rote Meer zwischen diese und mich.

MANDELSTAM:

Durchaus meine Meinung.

THEOBALD *drückt ihm die Hand:*

Bravo! Zur Sache: Sie waren bereit, fünf Taler für das kleinere Zimmer zu geben?

MANDELSTAM:

Mit Kaffee.

THEOBALD:

Nun ist einer da, der beide Räume für fünfzehn Taler brauchen kann. Ich mache folgendes Manöver: verwandle mich in Herrn Mandelstam, stelle an Sie, Herr Maske, die Frage, was wollen, dürfen Sie in eigenem, im Interesse Ihrer Familie tun?

Mandelstam:

Ihr Kalkül, sehe ich, liegt bei dem andern, doch habe ich Ihre Zusage, baue auf Ihr Manneswort. Meine Jugend ertrüge eine Enttäuschung in dieser Hinsicht schwer.

Theobald:

Freund, wohin? Kann ich, Sohn des Volkes, das einen Schiller gebar, abtrünnig sein?

Mandelstam:

Lieben Sie ihn?

Theobald:

Ich bin natürlich kein Kenner.

Mandelstam:

Wagner, nicht Schiller ist der Mann unserer Zeit.

Theobald:

Ihnen den letzten Zweifel zu nehmen, nenne ich den Namen: Luther.

Mandelstam:

Gut.

Luise:

Kann ich auftragen?

Theobald:

Essen Sie einen Löffel mit uns.

Mandelstam:

Dann bin ich so frei.

Sie setzen sich.

Theobald:

Geben Sie mir die Hand. Sie scheinen eine brave Haut, sind unschuldig an dem Malheur, das Sie anrichteten.

Mandelstam:

Meine Eltern verlor ich früh, lebe von meiner Hände Arbeit.

Theobald:

Doch sie ernährt Sie?

Mandelstam:

Ich schaffe drei Jahre bei demselben Meister.

Theobald:

Gut so.

Mandelstam:

Abends, jeden Groschen, den ich zurücklege, alles für Wagner. Lohengrin habe ich dreimal gehört.

Theobald:

Teufel!

Mandelstam:

Man ist in allen Himmeln.

Theobald:

Aber auch tüchtig spazieren gehen, Beine spreizen. Die Gesundheit.

Mandelstam:

Gesundheit – da allerdings – –

Theobald:

Was soll das heißen? Gib die Bohnen noch einmal – sprechen Sie rundheraus.

Mandelstam:

Was weiter, Sie erraten schon. Nicht daß ich von einem bestimmten Leiden sprechen könnte.

Theobald:

Aber?

Mandelstam:

Meine Mutter war zart, auch nicht hinreichend ernährt. Vater trank ein Glas mehr als er vertrug.

Theobald:

Potz!

Mandelstam:

Hätte ich einen völlig gesunden Körper zur Welt gebracht, Sie dürfen glauben, ich hätte andere Möglichkeiten des Lebens für mich ins Auge gefaßt.

THEOBALD:

Hörst du, Luise?

LUISE:

Ja.

THEOBALD:

In der Tat, Gesundheit, Kraft vor allem. Fassen Sie diesen Schenkel, den Bizeps.

MANDELSTAM:

Riesig.

THEOBALD:

Mein Junge, damit reite ich das Leben sozusagen. Einen Zentner hebe ich. Wollen Sie glauben, ich stemme Sie mit einem Arm in die Luft. Das Wesen spürt's, an dem ich meine Muskeln reibe. Man muß Sie ein wenig päppeln, armer Kerl. Wie wär's, Sie gäben sich bei uns in Pflege?

MANDELSTAM:

Wenn's meine Mittel nicht übersteigt, bin ich glücklich.

THEOBALD:

Was meinst du, Luise? Spürst du keine Regung? Was müssen wir verlangen?

LUISE:

In einer Minute ist das nicht zu überschlagen.

THEOBALD:

Hierzu sage ich kein Wort, Jüngling. Das ist Sache der Frau. Besprechen Sie's mit ihr, ich hätte nichts dawider.

zu Luise:

Gib mir zur Feier des Tages eine Zigarre.

LUISE:

Du wolltest mitbringen. Es ist keine mehr da.

THEOBALD:

Über dem Rumor vergessen. Ich laufe hinüber. Ist dem andern Mieter zuzutrauen, er behülfe sich mit einem großen schönen Zimmer?

LUISE:

Er kommt ein Viertel nach drei. Sprich mit ihm.

THEOBALD:

Man könnte, handelt es sich um längeren Termin, einen Wandschirm kaufen, gewissermaßen zwei Räume entstehen lassen; auch mit einem Vorhang wäre viel getan. Will er aber nicht?

MANDELSTAM:

Ich habe Ihr Wort.

THEOBALD:

Herrgott, Sie haben Ihr Zimmer, Mandelstam aus dem Stamm der Arier. Ich bin sofort zurück.

Exit.

Einen Augenblick Schweigen:

MANDELSTAM:

Verzeihung. – –

LUISE:

Mich wundert, Sie wollen den Raum nicht sehen. Es muß Ihnen viel daran liegen, gerade in diesem Haus zu wohnen. Sind Sie drüben bei Meister Lämmerhirt in Stellung?

MANDELSTAM:

Ich arbeite in der Lindenstraße.

LUISE:

Fünfzehn Minuten Weg von hier. Das ist seltsam. Wäre es nicht klüger –?

MANDELSTAM:

Ich habe Gründe.

LUISE:

Sind Sie kurzsichtig? Sie sehen mich so an.

MANDELSTAM:

O Frau Maske!

LUISE:

Was ist Ihnen? Sie wurden über und über rot.

MANDELSTAM:

Denken Sie nichts Unrechtes, nicht einmal Seltsames von mir.

Luise:

Ihre Geheimnisse kümmern mich nicht.

Mandelstam:

Ich habe ein einziges, seit heute morgen, wäre erlöst, hätte ich es mir von der Seele gewälzt.

Luise:

Vertrauen Sie sich meinem Mann an.

Mandelstam:

Er muß der Letzte sein! Sein Mitgefühl wäre mit einemmal dahin. Nichts Entehrendes, etwas, das mich kaum betrifft, Sie mehr als jeden sonst angeht.

Luise:

Wie mich?

Sie ist aufgestanden.

Mandelstam *erhebt sich:*

Verzeihung.

Luise:

Reden Sie.

Mandelstam:

Ganz ohne meine Schuld – –

Luise:

Bitte!

Mandelstam:

Noch nie war ich in solcher Lage. Doch, doch – – ich sage es schon: Ihre Hose –

Luise:

Was – –?

Mandelstam:

Heute – – Ihre – –

Luise:

Still!

Achter Auftritt

THEOBALD *kommt zurück:*
Entscheidung?

LUISE:
Ich will mit dir darüber sprechen.

THEOBALD:
Gut. Vorläufig ziehen Sie ein. Wollen Sie eine Zigarre?

MANDELSTAM:
Ich rauche nicht.

THEOBALD:
Lunge kaput? Faßten Sie meinen Brustkasten ins Auge? Darin hat alles reichlich nebeneinander Platz. Kommen Sie her, stellen Sie sich vor mich hin. Arme auseinander. Rumpf rückwärts beugt. Langsam. Tiefer. Hören Sie mal, darüber müssen wir aber ernstlich miteinander reden.

MANDELSTAM:
Ich bin erschöpft.

THEOBALD:
Das faucht wie ein Blasebalg. Aber aber – –

Es klingelt.

THEOBALD *geht zu öffnen.*

LUISE *schnell zu Mandelstam:*
Es war nichtswürdig, zu kommen.

MANDELSTAM:
Schelten Sie nicht.

LUISE:
Machen Sie sich fort!

Neunter Auftritt

SCARRON *tritt auf:*

Ich hatte die Ehre, der Dame mein Anliegen vorzutragen.

THEOBALD:

Meine Frau teilte mir mit, Sie brauchen zwei Zimmer. Es ist nun, mein Herr, der Fall eingetreten, daß ich, ohne von Ihrem Angebot zu wissen, das kleinere der Zimmer an Herrn Mandelstam, der übrigens aus gut deutscher Familie ist, fortgegeben habe.

SCARRON:

Oh!

LUISE:

Herr Mandelstam meinte gerade –

MANDELSTAM:

Aber nein, ich bin zu bleiben entschlossen.

THEOBALD:

Das wissen wir nun. Restiert die durchaus plausible Möglichkeit, Sie begnügen sich mit dem übrigbleibenden großen schönen Raum. Er mißt sechseinhalb Meter zu fünf. Wollen Sie ihn bitte gründlich ansehen, uns Ihre wohlerwogene Entscheidung sagen.

Er führt ihn in die Tür und ins Zimmer.

LUISE *zu Mandelstam:*

Ihr Benehmen ist unwürdig. Ich mache meinem Mann Mitteilung.

MANDELSTAM:

Daran kann ich Sie nicht hindern. Bitte aber, es zu unterlassen, denn ich muß sonst Herrn Maske auf folgendes hinweisen: Was veranlaßt den vornehmen Herrn Scarron, Quartier in solchem Haus zu suchen, wenn nicht –

LUISE:

Sie kennen ihn?

Mandelstam:

Hatte die Ehre, ihm zweimal die Haare nachzufärben.

Luise:

Verleumdung!

Mandelstam:

Er wird sich dessen nicht erinnern, wohl aber weiß ich um sein Wesen Bescheid.

Luise:

Und was veranlaßt Sie zu alledem?

Mandelstam:

Heute morgen las ich den Fliegenden Holländer nach. Kennen Sie Senta, Frau Maske? So träumerisch sind Sie auch. Ich las noch, als ich Sie mit Ihrem Mann kommen sah, als Sie zwei Schritt von mir, der am Boden lag, vorbeigingen. Plötzlich – –

Luise:

Zwei Schritt nur! Empörend! Schließlich geht mich Ihr Gebaren nichts an. Ich verachte Sie gründlich – das ist alles.

Zehnter Auftritt

Theobald und Scarron kommen zurück:

Theobald:

Herr Scarron ist einverstanden. Würdigt die Vorzüge des Zimmers, gibt zwölf Taler. Übrigens beabsichtigt er, es nur Stunden über Tages zu benutzen.

Scarron:

In der Tat.

Theobald:

Für wichtige Arbeiten, die er im Trubel der belebten Straße, die er bewohnt, nicht vollenden kann.

Scarron:

In der Tat.

Theobald:

Ich durfte ihn versichern, wir werden alles aufbieten, ihm den Aufenthalt angenehm zu machen. Meine Frau, werter Herr, besitzt die Geschicklichkeit, das Zartgefühl und die Zuvorkommenheit einer Person aus besserem Bürgerstand, und Gewißheit tüchtiger Herkunft gibt uns wohl einen gewissen Stolz, trotzdem scheuen wir, meine Frau besonders, nicht leicht eine Gefälligkeit.

Scarron:

Ich bin sehr erfreut, in der Tat.

Theobald:

Zum Schluß die Frage der Zimmernachbarschaft zu berühren, hält Herrn Mandelstam, der übrigens aus gut deutscher Familie – das sagte ich schon –, sein Geschäft den ganzen Tag außer Haus. Wir können also unsere volle Aufmerksamkeit zwischen Ihnen teilen, tagsüber kann sie sich uneingeschränkt Herrn Scarron, die übrige Zeit Herrn Mandelstam zuwenden. Fällt mir ein: Es gibt auf dieser Seite einen Alkoven, der durch eine Scheibe aus unserm Schlafzimmer so weit erleuchtet ist, daß Herr Scarron, was er nicht in sein Zimmer bringen mag, dort aufbewahren kann. Wir werden ihm ein Gardinchen anhängen, so daß wir nicht hinüberzusehen imstande sind. Und die Bequemlichkeit, meine Herren, auf halber Treppe. Eigentlich wäre nun alles in schönster Ordnung. Indem ich jedem von Ihnen einen Haus- und Flurschlüssel einhändige, hindert Sie nichts mehr, diese Wohnung zu allen Zeiten als die Ihrige anzusehen. Darf ich der Form halber, Herr Scarron, fragen, trägt die Arbeit, die Sie bei uns vorhaben, keinen staatsgefährlichen oder sonst die Ordnung der Dinge aufhebenden Charakter? Ich bin Beamter.

Scarron:

Keineswegs, Herr. Ich gebe mein Ehrenwort.

Theobald:

Ich nehme es und empfinde von Person zu Person, Ihnen birgt das Wort Ehre noch den ungeheuren Inhalt, den es für jeden Deutschen hat.

Mandelstam:

Bis morgen früh!

Theobald *zu Scarron:*

Und den Kontrakt auf ein Jahr.

Scarron:

Gewiß.

Theobald:

Bis morgen.

Scarron:

Gnädige Frau!

Theobald:

Bis morgen.

Scarron *und* Mandelstam *ab.*

Luise:

Der Barbier ist ein unangenehmer Rüpel.

Theobald:

Weil er nicht nach Wohlgerüchen wie der andere duftet.

Luise:

Er wird uns seine Krankheit, tausend Unsauberkeiten ins Haus tragen.

Theobald:

Eine Krankheit hat er ohne weiteres nicht, ist marode, schwächlich, mark- und saftlos vom Leben in Herbergen und bei Hungerleidern. Das gibt sich wieder. Im übrigen, meine gute Luise, verhältst du dich heut und die nächsten Tage noch still und bleibst mit deinem Maulwerk fort, sonst haue ich dir den Hintern so gründlich voll, daß dir die Sprache für eine Zeit überhaupt vergeht. Danke Gott, blieb deine heutige Schlamperei anscheinend ohne üble Folgen. Hoffentlich ist dir mit voller Deutlichkeit bewußt geworden, wie tief du im Glück sitzt.

Und was ererbte Gesundheit gilt, muß dir vor der Jammerfigur dieses hohlwangigen Friseurs aufgedämmert sein. Aber auch wenn du den untadelhaft gekleideten, gut gebürsteten Mann mittlerer Jahre scharf ins Auge faßt, kann dir nicht entgehen, wie sich hinter einer vorgetäuschten Zielsicherheit ein untergrabener Wille nur schlecht verbirgt. Glaub, Beste, die Worte, die ich von Ehre und Gewissen sprach, trafen einen vorurteilslosen Gesellen. Immerhin hat er für ein Jahr gemietet.

LUISE *bricht in Schluchzen aus.*

THEOBALD *mit lautem Lachen:*

Das ist klassisch! In welchem Zusammenhang Tränen für diese eher komische Person?

Er tätschelt sie.

Soll ich ihn dir wirklich vollhauen? Du dummes Luder, lache doch! Ich bin durch diese beiden minderwertigen Männlichkeiten, die Gott uns ins Haus sandte, wahrhaftig wieder guter Laune. War das denn nicht zum Schießen, wie er stand und sagte: gnädige Frau! Zu meiner Luise, die die Hosen verliert.

LUISE *schluchzt heftiger.*

THEOBALD:

Und dann: in der Tat! in der Tat! in der Tat! Wie ein Nußknacker.

Er schüttelt sich vor Lachen.

In der andern Ecke dieser Seifenschaumengel, der nach Luft schnappte. Wer da vor Vergnügen nicht hin ist, hat überhaupt keinen Sinn für göttlichen Humor.

Sie lachen und weinen im Duett.

Vorhang.

Zweiter Aufzug

Erster Auftritt

Der gleiche Raum.

THEOBALD *kommt aus dem Alkoven:*
Das Gardinchen wäre angebracht.

MANDELSTAM *am Kaffeetisch:*
Warum befestigen Sie es nicht von Ihrer Seite aus?

THEOBALD:
Er soll die Überzeugung haben, man will ihm nicht in seinen Kram sehen.

MANDELSTAM:
Hat er die gleiche Absicht, bleibt nichts einzuwenden.

THEOBALD:
Seine knappen Antworten mir gegenüber, Zurückhaltung lassen es vermuten.

MANDELSTAM:
Der Hochmut höherer gesellschaftlicher Stellung.

THEOBALD:
Zog er dann hierher? Er fand bei besser Situierten die stille Stube, die er für die Arbeit wünscht.

MANDELSTAM:
Was tut der Mann eigentlich?

THEOBALD:
Warum vermeiden Sie die Bezeichnung Herr? Soviel ich aus ihm hören konnte, will er ein Erlebnis, das ihm am Herzen liegt –

MANDELSTAM:
Abenteuer!

THEOBALD:
Erlebnis, sagte er. Achten Sie auf Ihre Neigung, Bezeichnungen zu verschieben. Ein Erlebnis, das ihm naheging, niederschreiben.

Mandelstam:

So, so; ein Erlebnis!

Theobald:

Sprechen Sie es so aus, treffen Sie es wieder nicht.

Mandelstam:

Sie sind genau.

Theobald:

Das ist natürlich. Das Ungenaue ist Umweg. Von morgens neun bis nachmittags drei habe ich amtliche Schriftstücke vor mir. Wollte ich da ungenau sein!

Mandelstam:

Nun ja, man spricht manches so hin. Ich soll meine Kunden unter dem Messer unterhalten, sehen, daß sie einen Schnitt, ein wegrasiertes Bartende nicht bemerken. Da ist kein langes Überlegen, man schleudert Worte. Nur keine Unterbrechung.

Theobald:

So sind Sie ein Opfer Ihres Berufs!

Er lacht.

Mandelstam:

Ein Erlebnis! Wahrscheinlich eine Liebesgeschichte.

Theobald:

Möglich. Müssen Sie Samstags erst um acht im Geschäft sein?

Mandelstam:

Muß? Ich richte mir's halt ein. Der Chef kommt auch nicht eher, und das Arbeiterpack wird vom Lehrling geschabt.

Theobald:

So gehen Sie wenigstens morgens spazieren. Wäre ich meines Leibes unsicher wie Sie, setzte ich alles daran, ihn zu kräftigen.

Mandelstam:

Weit gehen, strengt mich an.

THEOBALD:

Anfangs. Ich möchte Sie, sich über Ihren Zustand volle Klarheit zu verschaffen, veranlassen.

MANDELSTAM:

Warum?

THEOBALD:

Damit Sie wissen, woran Sie sind.

MANDELSTAM:

Gestatten mir meine Mittel keine ausreichende Hilfe – was nützt Wahrheit?

THEOBALD:

Potztausend, Mann, was nützt Lüge?

MANDELSTAM:

Schließlich ist ringsum alles Lüge.

THEOBALD:

Sie sind ein Kauz. Ein Pessimist. Alles Lüge, geradezu Lüge?

MANDELSTAM:

Lachen Sie nicht. Ich werde beweisen.

THEOBALD *lachend:*

Wo?

MANDELSTAM:

Wo Sie wollen, überall, bei allen.

THEOBALD *lachend:*

Bei Ihnen selbst?

MANDELSTAM *wütend:*

Gewiß.

THEOBALD:

Bei Herrn Scarron.

MANDELSTAM:

Auch.

THEOBALD *brüllend:*

Meiner Frau?

MANDELSTAM:

Gerade.

THEOBALD:

Bei mir?

MANDELSTAM:

Sicher.

THEOBALD *tosend:*

Sie sind ein Haupthahn, Mirakel, Geld wert! Sind Sie am Ende gar nicht Barbier? Ein verkleideter Baron, Liebhaber meiner Frau, der sich einschlich?

MANDELSTAM *wutschnaubend:*

Herr Maske!

THEOBALD:

Ein Kerl mit Bombenkräften, Gekrösen wie Pulversäcke.

Zweiter Auftritt

Luise kommt aus der Schlafkammer.

THEOBALD:

Luise, laß deiner Bürgerlichkeit Gerüche hinter dir. Mandelstam ist Baron. Dein Liebhaber, und die Welt ist Lüge, basta!

MANDELSTAM:

Herr Maske, ich muß mir ernstlich verbitten – –

THEOBALD:

Nein, lieber Freund.

So sicher Sie den Leuten den Bart abnehmen, nicht ganz sattelfest sind, so bestimmt ich an nichts denke, als daß meine Kolumnen stimmen, Herr Scarron Liebesgeschichten dichtet, meine Frau zu mir gehört, so sicher ist, was meine Augen sehen, und so bestimmt ist Lüge nur, was Sie träumen. Und das kommt aus der Leber, der Lunge oder dem Magen. Ich ruhe nicht, bis Sie Gewißheit darüber haben. Kommen Sie mit?

MANDELSTAM:

Danke. In zehn Minuten.

THEOBALD:

Ärgern Sie sich nicht über mich. Vielleicht schlägt Ihre Stunde noch, und Sie überzeugen mich. Nie, Bester; aber darum keine Feindschaft zwischen uns. Also, ich laufe. Sie wollen nicht?

MANDELSTAM:

Danke!

THEOBALD:

Gut. Auf Wiedersehen.

Exit.

MANDELSTAM:

Der macht es einem wirklich leicht.

LUISE *mißt ihn:*

Der? – – Einem?

MANDELSTAM:

Das ist ja lächerlichste Gutgläubigkeit.

LUISE:

Er vertraut, wo er darf.

MANDELSTAM:

Ihm werden die Augen, daß es eine Art hat, aufgehen.

LUISE:

Über Menschen, die er zu sich ins Haus nimmt.

MANDELSTAM:

Ganz meine Meinung.

LUISE:

Die sich durchsichtigen Vorwandes bedienen.

MANDELSTAM:

Den ein Kind durchschaute! Eine Liebesgeschichte, fern vom Lärm der Straße, niederschreiben!

Luise:

Beleidigen Sie mich, rufe ich meinen Mann zurück.

Mandelstam:

Rufen Sie; er ist noch auf der Treppe. Reizen Sie mich, noch bin ich nicht außer mir. Warum lacht er fortgesetzt so dämlich über mich, warum das spöttische Mitleid im Ton? Was haben Sie für Veranlassung, mich zu verachten? Ich – das sage ich frei – habe ein Gefühl für Sie, das aber weit davon entfernt ist, Ihnen anders als achtungsvoll nah zu treten.

Luise:

Daran wird Sie niemand hindern.

Mandelstam:

Sie selbst! Glauben Sie, ich sehe ruhig mit an, wie Sie ein anderer für sich erobert, ertrüge, was sich vorbereitet, litte es als Mitwisser? An diesem Tisch schwöre ich: mit allen Mitteln will ich es verhindern!

Luise:

Wann müssen Sie Samstags zur Arbeit?

Mandelstam:

Sie unterschätzen mich, Frau Maske. Hier legte einer einen Schwur ab. So wahr Gott helfe, Sie kommen nicht ans Ziel!

Luise *langsam:*

Sie sind ein Kind.

Mandelstam:

Ein exaltierter Mensch. Das weiß der Himmel.

Luise:

Ein rechtes Kind. Erregen sich über nichts und gar nichts.

Mandelstam:

Verachtung lasse ich mir nicht zeigen.

Luise:

Kommen ganz außer Atem. Nehmen Sie noch ein Täßchen Kaffee. Eine Honigsemmel will ich Ihnen streichen.

MANDELSTAM:

Hat man niemand in der Welt.

LUISE:

Nur ordentlich Zucker!

MANDELSTAM:

Man hat eben niemand in der Welt.

LUISE:

Das ist Honig von meinem Vater. Zwei Meilen von hier hat er ein Häuschen im Grünen.

MANDELSTAM:

Hat man seine Eltern kaum gekannt.

LUISE:

Ich bin sonst geizig mit ihm.

MANDELSTAM:

Man ist so blödsinnig allein. Keine Wurzeln in der Erde, nichts, an das man lehnt, das einen hält.

LUISE:

Ein bißchen pflegen muß man Sie. Es ist vieles nervös. Nur sind Sie so wild.

MANDELSTAM:

Nein. Sanft.

LUISE:

Heftige Naturen muß ich verachten. Das Gehorsame, Schmiegsame liebe ich. Die guten Kinder.

MANDELSTAM:

Wer keine Mutter hatte, dessen einziger Wunsch ist es doch.

LUISE:

Ja – dessen einziger Wunsch! Man kennt das.

MANDELSTAM:

Frau Maske, das behaupte ich bei dem Andenken an meine tote Mutter, die auf uns schaut in diesen Augenblicken: nie werde ich eine Grenze, die Sie mir setzen, überschreiten.

Luise:

Nicht, daß ich etwas gegen Sie hätte.

Mandelstam:

War doch nicht meine Schuld, was ich gestern sah.

Luise:

Davon dürfen Sie nie wieder sprechen! Keine Silbe. Mich erschreckte, wie Sie auftraten, ich sah unangenehme Auseinandersetzungen mit meinem Mann voraus.

Mandelstam:

Als ob ich nicht bis zum letzten Atemzug zu Ihnen stünde.

Luise:

Gut – so werden wir im Lauf der Zeit noch Freunde.

Mandelstam:

Und Herr Scarron?

Luise:

Was kümmert mich der Geck!

Mandelstam:

Wohl Geck. Doch könnten Sie mich täuschen. Ich habe mit Frauen nicht genügend Erfahrung, wenn ich auch kein Neuling bin. Wahrhaftig nicht.

Luise:

Es ist nicht unmöglich, er verfolgt geheime Absichten. Doch Sie vergessen mich, setzen ein Einverständnis voraus, das mich empört. Halten Sie mich für so blind, ich sähe nicht, diesem verwöhnten Don Juan würde ich nur eine leichte Beute sein, die er ebenso schnell wie hastig es ihm in den Sinn kam, sie zu besitzen, ließe? Opferte Ruf, alle Vorteile meiner Stellung für eines andern Begierden?

Mandelstam:

Seine Blicke auf Sie ließen vermuten –

Luise:

Eure Blicke sind ohne Erlaubnis anmaßend.

MANDELSTAM:

Ich will gewiß nie anmaßend, genügsam, mit dem Geringsten, einem Hauch zufrieden sein.

LUISE:

Überlassen wir alles der Zeit.

MANDELSTAM:

Doch hoffen Sie nicht, mich zu täuschen.

LUISE:

Wie leicht Sie angezogen sind. Das sollten Sie nicht. Nehmen Sie etwas um, es regnet in Strömen.

MANDELSTAM:

Wenn Sie das sagen! Das macht mich im Nu gesund und stark. Da merke ich kein Wetter. Das Halstuch nehme ich noch herunter.

LUISE:

Aber nein! Besser Vorsicht als Nachsicht.

MANDELSTAM:

Wie Sie das sagen!

LUISE:

Wollen Sie ein Butterbrot mit ins Geschäft nehmen?

MANDELSTAM:

Daß Sie daran denken!

LUISE:

Ich sage mir, es müßte Ihnen gut tun.

MANDELSTAM:

Ich brauche nicht zu essen, habe meine himmlischen Träume. Was schiert mich irdischer Jammer. Wäre es Ihnen recht, wir lesen abends den Fliegenden Holländer miteinander?

LUISE:

Ist's eine Liebesgeschichte?

MANDELSTAM:

Die himmlischste. Hören Sie, was der Holländer von Senta sagt:

Wird Sie mein Engel sein?
Wenn aus der Qualen Schreckgewalten
Die Sehnsucht nach dem Heil mich treibt.
Der Qualen, die mein Haupt umnachten,
Ersehntes Ziel hätt' ich erreicht.

LUISE:

Schön. Jetzt gehen Sie, sonst versäumen Sie sich.

MANDELSTAM:

Noch den Schluß:

Ach, ohne Hoffnung, wie ich bin,
Geb ich mich doch der Hoffnung hin.

Und nun erst gesungen! Das geht einem durch Mark und Bein.

LUISE:

Bis zum Mittag.

MANDELSTAM *mit Kußhänden:*

Bald! bald! bald!

Exit.

Dritter Auftritt

DEUTER *tritt unmittelbar darauf auf:*

Wer ist der windige Mensch?

LUISE:

Ein aufdringlicher, gefährlicher Bursche. Sah gestern auch, was niemand sehen sollte, hat sich unter gleichem Vorwand wie unser Freund eingeschlichen. Sie teilen sich in die Zimmer.

DEUTER:

Hört!

LUISE:

Das schlimmste: er haßt Herrn Scarron und mutmaßt. Eben schwor er hier, er litte nie – was sagen Sie?

Deuter:

Alberne Geschichte!

Luise:

Ich halte ihn fähig, Theobald die ganze Geschichte, bevor das geringste geschah, anzutragen. Außer mir bin ich. Als ich vorhin hereinkam, rief mir mein Mann entgegen: Mandelstam – so heißt der Badergesell – ist dein Geliebter. Es war im Lachen gesagt, doch muß der andere ernsthaft von Möglichkeiten solcher Art gesprochen, mindestens seine Reden in dem Fahrwasser geführt haben.

Deuter:

Wie verhielten Sie sich ihm gegenüber?

Luise:

Ich schmeichelte, suchte ihn sicher zu machen.

Deuter:

Recht.

Luise:

Aber – –

Deuter:

Es wird ihm scharf von mir auf die Finger geguckt. Sie sehen, wie gut es ist, ich stehe Ihnen zur Seite.

Luise:

Was halten Sie da?

Deuter:

Raten Sie.

Luise:

Antworten Sie.

Deuter:

Den Batist.

Luise:

Sie Liebe! Wie zart!

Deuter:

Gefällt er?

Luise:

Herrlich! Wohl teuer?

Deuter:

Das ist vornehmer als Seide.

Luise:

Wie er auf der Haut liegen muß.

Deuter:

Anders als Ihr garstiger Köper. Köper auf solchem Körperchen. Ich will das Bundmaß sehen, nehmen Sie das Röckchen auf. 65, sagen wir 66 Zentimeter.

Luise:

Haben Sie das Band schon?

Deuter:

Hier.

Luise:

Himmlisch! Meine beste Freundin sind Sie. Und wollen das alles für mich tun und sind selbst noch jung genug?

Deuter:

Ich gab aufrichtig alle Hoffnung auf. Sonst hätte ich nicht so viel Zeit für Sie übrig.

Luise:

Man muß für Sie beten.

Deuter:

Glauben Sie, es nützt?

Luise:

Zu so großem Zweck muß alles versucht werden.

Deuter:

Wie Sie Fortschritte machen!

Luise:

Bin fest entschlossen. Diese Nacht hat völlig über mich entschieden. Ein süßer Traum schon.

Deuter:

Reden Sie.

Luise:

Sie Arme!

Deuter:

Kein Wort mehr oder ich weine laut heraus.

Luise:

Es findet sich schon einer für Sie. Wie wäre es mit dem Barbier?

Deuter:

Pfui! Da nähme ich eher Ihren Mann.

Sie lachen ausgelassen.

Vierter Auftritt

Scarron *öffnet die Tür von außen und tritt auf:*

Welche himmlische Heiterkeit. Vom Regen trete ich mitten in Tropensonne.

Luise *leise zur Deuter:*

Bleiben Sie!

Deuter:

Einen Augenblick, dann muß ich hinunter.

Scarron:

Mittels meines Flurschlüssels dringe ich unaufgefordert in Ihre lustigen Beziehungen und zerreiße sie. Lachen Sie weiter; wenn ich darf und mich eigne, möchte ich teilnehmen. Worüber war es?

Luise:

Fräulein Deuter –

Scarron *verneigt sich.*

Luise:

Und ich sprachen von dem Barbier.

Scarron:

Von welchem Barbier?

LUISE:

Von Mandelstam natürlich.

DEUTER:

Ihr sei er zu häßlich, meinte Frau Maske, empfahl ihn mir als Liebhaber.

LUISE:

Das Wort kam nicht von meinen Lippen.

DEUTER:

Gott weiß, sie empfahl ihn mir in dem Sinn.

LUISE:

Scherzhaft.

SCARRON:

Ernsthaft ging es nicht an. Er ist nicht, was man einen Mann nennt.

DEUTER:

Immerhin für eine ältere Jungfer gut.

SCARRON:

Wer soll das sein?

LUISE:

Sie will eine Artigkeit.

DEUTER:

Nichts dergleichen, doch Ihr Urteil über diesen Stoff, Herr Doktor. Was ist's?

SCARRON:

Batist wohl. Was soll's damit?

DEUTER:

Hosen gibt's für die junge Frau; Verzeihung: Beinkleider sagt man in Ihren Kreisen.

LUISE:

Fräulein Deuter!

DEUTER:

Sie störten uns im Maßnehmen.

LUISE:

Fräulein Deuter!

Deuter:

66 Zentimeter, das nenne ich doch schlanke Hüften, Herr Doktor.

Scarron:

Ein so süßes Geschäft hätte ich Ihnen nicht aufhalten dürfen.

Luise:

Herr Scarron!

Deuter:

Nur noch die Länge brauche ich.

Bückt sich und mißt.

63 bis über die Knie.

Luise:

Genug. Was tun Sie!

Scarron:

Darf ich, da ich in so zarte Begebenheit geriet, einen Rat geben? Die Frauen, die nichts als Putz und Mode wissen, den Ton in allen Fragen des Geschmacks angeben, würden vielleicht nicht ganz so weit wie Sie, mein Fräulein, hinuntergemessen haben, hätten den Punkt etwa zwei bis drei Zentimeter oberhalb des Knies gefunden.

Deuter:

Gehen Sie uns zur Hand. Auf solche Kenntnisse rechnete ich. Ob dann unsere Weite von achtzehn dem neuesten Schnitt entspricht?

Scarron:

Man läßt das Beinkleid unten möglichst weit, legt es nach oben fester an.

Deuter:

Bliebe die Frage –

Luise *fliegt ihr an die Brust:*

Trude, jetzt schweigst du; ich wäre ewig böse!

Scarron *zu Deuter:*

Und Sie selbst sind mit dieser wichtigen Angelegenheit betraut? Alles geschieht von Ihren Händen?

Deuter:

Sie würden mir ein Kompliment nicht vorenthalten, hätten Sie, das Fertiggestellte im Sitz zu bewundern, Gelegenheit.

Scarron:

Wie verdiene ich Ihre Freundschaft?

Deuter:

Merken Sie, ich bin zu Ihren Gunsten da!

Scarron:

Sie scheinen Patin eines Glücks sein zu wollen, das die schützende Hand nötiger als der Vogel hat, der nicht flügge ist.

Deuter:

Was aber fliegen will –

Luise:

Und nicht zu fliegen weiß?

Deuter:

Ich bin sozusagen nur ein halber Vogel, der zur rechten Zeit den Mut nicht hatte, in der Dachrinne sitzenblieb. Von mir darfst du Unterweisungen nicht erwarten.

Scarron:

Deren bedarf es nicht.

Deuter:

Übrigens befleißigt sich das Nesthäkchen. Fand ich es gestern schon flatternd in inniger Berührung mit den höheren Regionen.

Scarron:

Wagen wir den Flug!

Deuter:

Ein Stößer kreist am Horizont! Nicht der alte fette Uhu,

der nur nachts zu fürchten ist. Eine schlanke hungrige Wolke, die blitzschnell in Verstecke fällt.

SCARRON:

Wer?

DEUTER:

Eine Wolke Seifenschaum, ein Schaumschläger.

SCARRON:

Der Barbier!

LUISE:

Stellt mir nach! Passe auf, dulde nichts, rief er mir ins Gesicht. Ich bin unglücklich!

DEUTER:

Da das Wort fiel, gehe ich. Vorsicht!

SCARRON:

Dank!

DEUTER:

Ich will mein möglichstes tun.

Exit.

SCARRON:

Luise!

LUISE:

Ich habe Angst.

SCARRON:

Setz dich zum Tisch.

LUISE:

Mir fallen die Füße fort.

SCARRON:

Jeder darf zur Tür herein, denn ich berühre dich nicht. Dir mehr als zwei Ozeane entfernt, bin ich an diese Bergwand gelagert. Vom Leben in zwei blauen Sonnen ausruhend. Sie entsenden Willensströme, versengen das Nächste, entzünden Ferneres mit freudiger Wärme. Deine zusammengerollte Hand hat gegriffen, genießt den hinschmelzenden Gedanken. Der Busen wallt schon auf. Ich sehe den Musselin sich schieben. Und jetzt entblätterst du von der Krone zur Wurzel, Luise, bist vom Schicksal hingeschlagen!

LUISE *hat, wie eine Schlafende, den Kopf in die Arme auf den Tisch vergraben.*

SCARRON:

Das Leben begann mit Vater und Mutter. Geschwister bewegten sich bedeutend auf mich zu, vom Vater kam ein kaum unterbrochener Laut. Wo blieb das plötzlich? Nur noch den bittend geschwungenen Arm der Mutter sah ich, stand in einem Tosen, das den Boden zerriß, Himmel auf mich warf, lief mit einem Ziel ohne Wege. Steh auf, Weib, ich komme in falsche Leidenschaft hinein! Ganz etwas anderes muß ich dir sagen: Herrliche Frauen gibt's auf der Welt, Luise. Blonde, mit blaßroten Malen, wo man sie entblößt, dunkle, die wie junge Adler einen Flaum haben, denen im Rücken eine Welle spielt, reizt man sie. Manche tragen rauschendes Zeug und Steine, die wie ihre Flüssigkeiten schimmern. Andere sind knapp geschürzt, kühl wie ihre Haut. Es gibt Blonde, die einen Flaum haben, dunkle mit blassen Malen. Demütige Brünetten, stolze Flachsige.

Der Himmel ist voller Sterne, die Nächte voller Frauen. Sublim schön ist die Welt – aber!

Große abgerissene Geste.

LUISE *hat sich erhoben.*

SCARRON:

Du bist die Schönste, die mir erschien. Gewitter erwarte ich von dir, Entladung, die meine letzten Erdenreste schmilzt, und in den Wahnsinn enteilend, will ich meinen entselbsteten Balg zu deinen aufgehobenen Füßen liebkosen.

Er ist dicht an sie getreten.

Bevor du deine Hand in meine senkst, besieh sie flüchtig. Möglich ist es, Gott läßt aus ihr unserm gemarterten

Lande Muttersprache in guten neuen Liedern fließen. Wardst du inne: ich liebe dich inbrünstig, Luise? Es darf daran kein Zweifel sein.

Luise:

Ich bin dein!

Scarron:

Wie antik die Geste! In drei Worte hüllt sich ein Schicksal. Welche Menschlichkeit! Gelänge es, sie im Buch festzuhalten – neben den Größten müßte ich gelten.

Luise *neigt sich:*

Laß mich dein sein!

Scarron:

Tisch, Feder an dein Wesen heran; schlichter Natur angenähert, muß das Kunstwerk gelingen.

Luise:

Dein!

Scarron:

So sei es! In einem Maß, das über uns beiden ist. Nie innegewordenes Feuer bläst mich an, Glück kann nicht mehr entlaufen. In Rhythmen schwingend, fühle ich mich selig abgewendet. Dir auf Knien zugewendet, will ich der Menschheit dein Bild festhalten, und es dir aufzeigend, den ganzen Lohn deiner Gnade fordern.

Entläuft in sein Zimmer.

Luise:

Warum –? Was?

Sie tritt an Scarrons Tür, lauscht. Nach einigen Augenblicken nimmt sie sich ein Herz, klopft.

Mein Gott! Warum?

Haucht sie, lauscht, nähert sich dann dem Tisch, von dem sie, mit Blick auf Scarrons Tür, Mandelstams Halstuch hebt, das sie an ihr Gesicht führt. In diesem Augenblick taucht Mandelstam vor der Flurtür auf. Man sieht, wie er sein Gesicht an dieselbe preßt. Dann öffnet er leise, tritt herein.

Fünfter Auftritt

Mandelstam:

Himmel, mein Tuch!

Tritt dicht zu Luise.

Luise:

Wie bin ich erschrocken! Wo kommen Sie her?

Mandelstam:

Erschrocken?

Luise:

Sich so herzuschleichen.

Mandelstam:

Ist das mein Tuch?

Luise:

Weiß Gott.

Mandelstam *küßt sie:*

Luise!

Luise *ohrfeigt ihn:*

Unverschämter!

Mandelstam:

Verzeihung!

Luise *ist an Scarrons Tür getreten und hat laut an dieselbe geklopft.*

Scarrons *Stimme:*

Noch fünf Minuten!

Luise *steht verwirrt:*

Mandelstam:

Ich flehe Sie an! Es riß mich hin. Nie wieder! Ich töte mich!

Luise *auf ihr Zimmer zu.*

Mandelstam *wird ohnmächtig.*

Luise:

Heiland!

Läuft zu ihm.

Wasser!

Sie holt Wasser und flößt ihm ein.

MANDELSTAM:

Wie gut mir ist!

LUISE:

Am Kinn bluten Sie. Was ist das für eine Spitze?

MANDELSTAM:

Ein Bohrer!

LUISE:

Wie durften Sie ihn in die Tasche stecken! Tödlich hätte er Sie verwunden können.

MANDELSTAM:

Wenn es Sie bewegte!

LUISE *sich erhebend:*

Ein junger Mensch voll Hoffnungen. Was sind das für tolle Geschichten! Legen Sie sich einen Augenblick ins Sofa.

MANDELSTAM *legt sich:*

Zu allen Zeiten wird er mir verraten, was im Zimmer des Herrn Scarron vorgeht!

LUISE:

Sie wollen –?

MANDELSTAM:

Die Wand durchlöchern! Ich bin rasend, tobe, Luise, vor Eifersucht, kenne mich nicht mehr. Was trieb Sie gerade an die Tür dieses Elenden? Verkennen Sie mich nicht! Trotz meiner Schwäche werde ich ihn ermorden!

LUISE:

Welches Recht –!

MANDELSTAM:

Ich liebe Sie, Luise!

Sechster Auftritt

SCARRON *schnell aus seinem Zimmer:*
Ton, Farbe, Valeurs stehen, bis ins kleinste mir nicht mehr zu entreißen, fest. Ich komme, ganz Dankbarkeit und Liebe – –
Er bemerkt Mandelstam:
Pardon!

Siebenter Auftritt

THEOBALD *tritt schnell ein:*
Mahlzeit, meine Herren!
Vorhang.

Dritter Aufzug

Erster Auftritt

Der gleiche Raum.

Alle sitzen um den mit Resten des Abendbrots bedeckten Tisch.

THEOBALD *zu Mandelstam:*

Es kam dem Meister hart an, die Arbeit nachmittags ohne Sie zu bewältigen. Sie hätten Ihr Unwohlsein auf einen andern Tag als Samstag legen dürfen, meinte er.

MANDELSTAM:

Der erste Nachmittag, den ich seit drei Jahren aussetzte.

THEOBALD:

Er hofft, Sie sind bis übermorgen wieder wohl. Liegt doch der ganze Sonntag dazwischen.

MANDELSTAM:

Jeder Hund will Ruh, ist ihm nicht koscher.

THEOBALD:

Koscher? Hm. Doch wie Sie wollen. Im übrigen hatte ich eine gründliche Unterhaltung mit einem Kollegen, der über ähnliche Zustände wie Sie klagt. Er kennt das Innere seines strapazierten Körpers wie das Gehaltsreglement, operiert mit lateinischen Namen.

Er ist aufgestanden, geht in den Hintergrund.

MANDELSTAM *folgt ihm eifrig:*

Aber, wie zum Teufel können Sie meinen Fall vergleichen?

SCARRON *leise zu Luise:*

Ich verbiete dir, den Lümmel anzustarren!

LUISE:

Er tut mir wirklich leid.

SCARRON:

Ist ein abgefeimter Halunke, Schnapphahn, der uns durch

seine Anwesenheit mit Absicht den Nachmittag verdarb, und du –

THEOBALD:

In allererster Linie handelt es sich um die Nerven, sind die übrigen Organe, das eine mehr, das andere weniger, auch infiziert. Verstand ich ihn recht, muß man sich jeden Nerv als feinen Schlauch, den schützend ein zweiter Schlauch umgibt, vorstellen. Bei entkräfteten Personen ist dieser andere hüllende Schlauch wie Rinde an Bäumen abgebaut – verhält es sich so, Herr Scarron?

SCARRON:

Ungefähr, soviel ich weiß.

THEOBALD:

Und es ist über Erwarten schwer, den gefressenen Schaden wieder gutzumachen.

MANDELSTAM:

Wie in aller Welt kommen Sie darauf, meine Nerven wären – Unerhört, ohne mich genau angesehen zu haben –

THEOBALD:

Bleiben Sie doch still; ich will Sie nicht aufregen. Nur meine ich, es muß Sie mancheiner auf den Zustand Ihrer Nerven gedeutet haben.

MANDELSTAM:

Niemand.

THEOBALD:

So frage ich den unbefangenen Beobachter. Wie erscheint Ihnen, Herr Scarron, unser Freund?

SCARRON:

Typischer Neurastheniker.

MANDELSTAM:

Ha!

THEOBALD:

Es kommt, wie gesagt, natürlich anderes dazu. Bei dem

Betreffenden ist es der Magen, der infolge langjähriger Mißhandlung durch unzureichende Ernährung ruiniert ist, während ich bei Ihnen auf die Lungen raten möchte.

LUISE:

Du mußt Herrn Mandelstam nicht ängstlich machen, Theobald.

THEOBALD:

Im Gegenteil suche ich, ihn einer Katastrophe gegenüber zu wappnen.

LUISE:

Aber er stellt bedenkliches Kranksein in Abrede.

MANDELSTAM:

Unbedingt.

THEOBALD:

Um so besser. Ich erachte es einfach für meine Pflicht.

MANDELSTAM:

Und ich halte es für wenig überlegt, diffizilen Menschen solche Dinge mitzuteilen. Es ist natürlich, man beschäftigt sich weiter damit.

THEOBALD:

Gehen Sie einen nichts an.

MANDELSTAM:

Steht ein Fenster auf?

THEOBALD:

Ein Spalt.

MANDELSTAM:

Darf ich schließen?

Er tut's.

LUISE:

Nehmen Sie Ihr Tuch um den Hals!

MANDELSTAM:

Herzlichen Dank.

SCARRON *zu Theobald:*

Was Ihren kranken Kollegen angeht – ich finde unvergleichliche Wohltat in dem Gedanken: das Schwache, Lebensunfähige, muß dem Starken, Gesunden weichen.

Luise:

Aufgabe des Kräftigen soll es sein, die Hinfälligen zu stützen. Das lehrt auch Religion.

Scarron:

Die anderer Jahrhunderte; nicht unsere.

Theobald *reicht Mandelstam eine Zeitung:*

Lesen Sie!

Scarron:

Wir sind darüber hinaus. In die dumpfe stockige Mitleidsatmosphäre vergangener Jahrhunderte führten wir einen Windzug.

Mandelstam:

Wo? Mir flimmert's vor den Augen.

Theobald *zeigt:*

Da! Die Seeschlange soll in den indischen Gewässern wieder aufgetaucht sein.

Mandelstam *wütend:*

Was schiert mich das!

Theobald:

Vielleicht lenkt es Sie ab.

Scarron *zu Theobald:*

Ist Ihnen der Name Nietzsche zu Ohren gekommen?

Theobald:

Wieso?

Scarron:

Er lehrt das Evangelium der Zeit. Durch das mit Energien begnadete Individuum, kommt Ziel in die unübersehbare Masse der Menschen. Kraft ist höchstes Glück.

Theobald:

Kraft ist freilich Glück. Das wußte ich auf der Schule, hatten die andern unter mir zu leiden.

SCARRON:

Natürlich meine ich nicht brutale Körperkräfte. Vor allem geistige Energien.

THEOBALD:

Ja, ja.

MANDELSTAM:

Erst heute morgen merkte ich: mein Zimmer liegt nach Nordost.

THEOBALD:

Einen Augenblick. Ja, Sie haben recht.

MANDELSTAM:

Das ist natürlich außerordentlich ungünstig auch für den Stärksten.

SCARRON *zu Luise:*

Herrenmoral soll dem schlappen Hund gezeigt werden. Heute nacht setze ich alles daran, zu dir zu gelangen.

LUISE:

Um Gottes willen!

SCARRON:

Für wen hältst du mich? Glaubst du, meinem fertigen Willen ist der Gottseibeiuns gewachsen?

LUISE:

Warten Sie noch!

SCARRON:

Nein! Das Schicksal ist reif.

THEOBALD *hat Mandelstams Tür geöffnet:*

Stellen Sie das Bett an die dem Fenster entgegengesetzte Wand, schlafen Sie nach Südwest. Blendende Gegend!

MANDELSTAM:

In die Kissen spüre ich den Zug.

SCARRON *zu Luise:*

Heute noch sollst du mit mir im Paradiese sein!

THEOBALD *zu Mandelstam:*

Jetzt übertreiben Sie.

Mandelstam *tritt in sein Zimmer. Man sieht, wie er sich dort zu schaffen macht.*

Scarron *zu Theobald:*
Hörten Sie von diesen Theorien nie sprechen? Lesen Sie so wenig?

Theobald:
Gar nicht. Sieben Stunden tue ich Dienst. Dann ist man müde.

Scarron:
Das ist bedauerlich. Woran haben Sie das Maß für Ihr Denken?

Theobald:
Unsereiner macht sich weniger Gedanken als Sie vermuten.

Scarron:
Immerhin leben Sie nach bestimmtem Schema.

Theobald:
Schema F, wenn Sie wollen.

Scarron:
Das heißt, essen, schlafen, schreiben Akten ab? Und wohin soll das führen?

Theobald:
In die Pension, so Gott will.

Scarron:
Schauerlich. Für Politik kein Interesse?

Theobald:
Ich war, was Bismarck tat, gespannt.

Scarron:
Der ist lange tot!

Theobald:
Nachher passierte nicht mehr viel.

Scarron:
Wissenschaft?

THEOBALD:

Für unsereinen kommt nicht viel dabei heraus.

SCARRON:

Wissen Sie, daß Shakespeare lebte, kennen Sie Goethe?

THEOBALD:

Goethe beiläufig.

SCARRON:

Um Gottes willen!

THEOBALD:

Sie nehmen das zu tragisch.

SCARRON:

Bequeme Lebenstheorie.

THEOBALD:

Ist bequem nicht recht? Mein Leben währet siebenzig Jahre. Auf dem Boden des mir angelernten Bewußtseins kann ich manches in diesem Zeitraum auf meine Weise genießen. Wollte ich mir höhere Meinung, Ihre Regeln, zu eigen machen, hätte ich bei meiner schwierigen Veranlagung in hundert Jahren kaum die Regel inne.

LUISE:

Daß aber kein Mitleid mehr sein soll?

SCARRON:

Ist einfach nicht.

LUISE:

Wenn ich es fühle –

THEOBALD:

Misch dich nicht in unsere Gespräche!

MANDELSTAM *tritt wieder ein:*

Eine wollene Decke möchte ich mir von Frau Maske ausbitten. Das Bett stellte ich um.

THEOBALD:

Das war vernünftig.

Luise:

Sie sollen eine Decke haben.

Geht in ihr Zimmer.

Scarron:

Ich beurteile den Mann einfach nach dem Grad seiner Mitarbeit an der geistigen Entwicklung des Menschengeschlechts; Heroen sind die großen Denker, Dichter, Maler, Musiker. Der Laie so bedeutend, wie weit er sie kennt.

Mandelstam:

Und die großen Erfinder!

Scarron:

Aber nur soweit sie die Menschheit, die Gedanken des Genies schneller auszutauschen, geschickter machen.

Theobald:

Und wo bleiben Sie mit dem Gemüt?

Scarron:

Wie?

Theobald:

Drückte ich mich nicht richtig aus? Wie brauchen Sie das Herz dazu.

Scarron:

Das Herz ist ein Muskel, Maske.

Luise kommt wieder.

Theobald:

Gut. Doch es hat eine Bewandtnis mit ihm. Bei den Weibern vor allem.

Luise *zu Mandelstam mit einer Decke:*

Sie ist groß genug, Sie einzuwickeln.

Mandelstam:

Besten Dank.

Scarron:

Kommen Sie mir nicht, handelt es sich um letzte Probleme, mit solcher Einfalt. Weiber, Frauen sind bei Gott eine köstliche Sache, ringt aber ein Shakespeare um Hamlets Seele, Goethe um die Einsicht in einen Faust, bleibt das Weib beiseite.

MANDELSTAM:

Schwarz hat nicht an seine Frau gedacht, als er das Buchdrucken erfand, und Newton nicht und Edison und Zeppelin auch nicht.

LUISE:

Ist das sicher?

SCARRON:

Meinen Eid darauf.

MANDELSTAM:

Da schwöre ich mit.

THEOBALD:

Von Goethe zu schweigen, meinetwegen von Schwarz – immerhin – um mich so auszudrücken, die Weiber haben ihr Herz.

SCARRON:

Ein Muskel, Maske!

THEOBALD:

Aber Sie leben davon, machen die Hälfte der Erdbewohner aus.

SCARRON:

Alles gut und wohl. Sie aber sind kein Weib; müßten von Ihrer Würde als Mann durchdrungen sein. Neben allem Häuslichen, Freundlichen, das Sie mit Ihrer Frau vereint, gibt es Augenblicke, in denen Sie fühlen, es trennt Sie eine Welt; wo das Mannhafte in Ihnen Sie überwältigt und mit tollem Stolz erfüllt.

MANDELSTAM:

Toll! Wundervoll gesprochen!

LUISE:

Es sind nicht alle Männer Ihrer Art.

SCARRON:

Tiefinnerst alle, verehrte Frau.

MANDELSTAM:

Sicher!

THEOBALD:

Ich weiß nicht. Es gibt so etwas, das ist richtig; aber eigentlich habe ich mich immer dagegen gewehrt.

SCARRON:

Da haben wir's! Sich gewehrt gegen – Natur.

MANDELSTAM:

Teufel! Toll!

SCARRON:

Was anders macht den Mann zum Riesen, gigantischen Obelisk der Schöpfung, der dem Weib unüberwindlich ist, als transzendentaler Wille zur Erkenntnis, den tiefste erotische Wollust nicht paralysiert?

MANDELSTAM:

Paralysiert – himmlisch!

LUISE:

Mein Mann ist anders geartet.

THEOBALD:

Luise, bleib mir mit deinem blöden Geschwätz vom Leib! – Aus meiner persönlichen Erfahrung gesprochen: ich konnte mich nicht überzeugen, daß es mir in meiner Ehe Vorteile gebracht hätte, hätte ich das Gefühl dieser Unterschiedlichkeit in mir gestärkt und zum Ausdruck gebracht.

SCARRON:

Persönlichen Vorteil – davon gilt es, abzusehen. Da es unbestreitbar ist, von der Erhaltung des rein Männlichen hängt für die Menschheit jeder Fortschritt ab.

LUISE:

Du lieber Gott!

MANDELSTAM:

Wer hätte vor zehn Jahren gedacht, wir fliegen!

THEOBALD:

Vor allem freut es mich, Sie beide einig zu sehen. Wie angenehm, zwei Mieter, die sich nicht in den Haaren liegen.

MANDELSTAM:

Da steht Mann zu Mann.

SCARRON:

Den Aufschluß über Ihre wirkliche Meinung sind Sie uns übrigens noch schuldig. Bisher lehnten Sie die unsere ab.

MANDELSTAM:

Ist Zeppelin kein Held?

SCARRON:

Können wir Plato und Kant entbehren?

MANDELSTAM:

Was wäre die Welt ohne Eisenbahn und Telephon?

SCARRON:

Ohne die Vorgänger ist Goethe Unmöglichkeit. Und, leugnen Sie Pontius und Pilatus, Goethe lassen Sie doch gelten?

MANDELSTAM:

Wagner! Das heiligste Gut der Menschheit!

THEOBALD *langsam:*

Dies beiseite, kommt soviel anderes dazu. Kinderkriegen und solche Dinge – –

MANDELSTAM:

Weibersachen!

THEOBALD:

Stürmen Sie nicht auf mich ein. Bezweifelte ich einen Augenblick die Richtigkeit Ihrer Tatsachen?

SCARRON:

Das könnte kein Gott.

THEOBALD:

Doch die beiden, die ich aus meiner Erfahrung anführe, daß Frauen ein Herz haben, Kinder zur Welt kommen, bringen Sie in Harnisch.

SCARRON:

Das sind Binsenweisheiten, die feststehen wie – –

THEOBALD:

Bitte?

SCARRON:

Mir fällt kein Vergleich ein. Eine Polemik mit Ihnen ist zwecklos.

THEOBALD:

Trinken Sie noch ein Glas Münchner. Luise, schenk Herrn Scarron ein.

SCARRON:

Danke.

THEOBALD:

Man könnte morgen in den Zoologischen Garten gehen. Sie haben sich eine Giraffe zugelegt.

MANDELSTAM *lacht auf:*

Giraffe!!

THEOBALD:

Warum lachen Sie?

MANDELSTAM:

Ich denke mein Teil.

THEOBALD:

Soll ich ehrlich sein: aus mir selbst wäre ich nicht auf die Idee gekommen, so ein Tier anzusehen. Ich bin solchen Knalleffekten und Seltsamkeiten der Natur abgeneigt. Da mir aber Herr Scarron so zusetzt, will ich etwas für meine Bildung tun.

MANDELSTAM *bricht in Gelächter aus.*

THEOBALD:

Nicht so wild, Herr Mandelstam.

SCARRON:

Lieber Freund, Sie täuschen eine Beschränktheit vor –

MANDELSTAM:

Brett vor dem Kopf!

THEOBALD *zu Mandelstam:*

Pulvern Sie nicht mit Ihren geringen Kräften herum.

SCARRON:

Müßte ein edles junges Weib neben Ihnen nicht Veranlassung zu höchster Leistung sein? Sich aus Ihrer Sphäre zu erheben.

THEOBALD:

Meiner Frau Eltern sind Schneiderseheleute, Generationen vorher waren das gleiche.

LUISE:

Sechs Brüder sind auf dem Felde der Ehre gefallen.

MANDELSTAM:

Heutzutage wäre kein Mensch mehr so dumm, sich einfach hinschlachten zu lassen.

THEOBALD:

Ist das nicht mehr zeitgemäß? Vaterlandsliebe nicht modern?

MANDELSTAM:

Machten Sie mich vorhin beinah krank, machen Sie mich jetzt gesund. Trotz mancher Nachteile fühle ich mich doch eine andere Art Mensch, weiß, Bataillone stehen hinter mir. Nein, wir lassen uns mit solchem Geschwätz nicht mehr nahekommen, wissen, was es mit diesem Zeug auf sich hat. Der Höchstgeborene stammt wie ich und Herr Scarron vom Affen, alle Menschheit ist gleich, und jeder kann den höchsten Platz erringen.

THEOBALD:

Einverstanden. Wenn er mag. Nun gibt es aber Wesen, für die ist ein Platz wie der andere, und vor allem mögen sie den, an dem sie stehen. Mit dem, was mir Geburt beschieden, bin ich an meinem Platz in günstigster Lage und seiner bis zum Tod gewiß, unterscheide ich mich nicht allzusehr von meinen Kollegen im ganzen Vaterland. Nur besondere Tüchtigkeit oder außerordentliche Schande könnten mich um die Sicherheiten bringen, die er verbürgt.

SCARRON:

Herr, das ist fürchterlich! Sklavenmoral!

THEOBALD *grinsend:*

Meine Freiheit ist mir verloren, achtet die Welt auf mich in besonderer Weise. Meine Unscheinbarkeit ist die Tarnkappe, unter der ich meinen Neigungen, meiner innersten Natur frönen darf.

SCARRON:

Gott verhüte, Ihr Glaube wird von Ihren Berufsgenossen geteilt.

THEOBALD:

Wie meine Kollegen denken, kann ich nicht beurteilen. Daß fortschrittliche Auffassungen höheren Orts nicht beliebt sind, verbürge ich. Einer unserer Bürochefs hatte den Umgang seiner Frau mit einem andern geduldet; wie er in seiner Disziplinarschrift darlegte, wollte er der selbstischen Natur der Frau nicht in die Zügel fallen, ein Ausdruck, der früher für Pferde beliebt war. Heute hat er einen Mineralwasserausschank Ecke Widenmacher- und Fischerstraße.

SCARRON:

Ein Märtyrer. Sein Weib sieht zu ihm auf.

LUISE:

Seine Frau verachtet ihn gründlich.

SCARRON:

Sie sind im Irrtum.

LUISE:

Vom Grund ihrer Seele.

MANDELSTAM:

Das bezweifle ich auch.

THEOBALD:

Überlassen wir das den beiden.

MANDELSTAM:

Zufällig habe ich aus der eigenen Vergangenheit einen Beweis. Ich lebte mit der kleinen Frau Frühling, die die Gastwirtschaft in der Ahornstraße haben, und der Mann litt das Verhältnis.

THEOBALD:

Daß sie Frühling heißt und in der Ahornstraße wohnt, gibt der Sache kein Gewicht.

LUISE *steht auf:*

Gute Nacht!

THEOBALD:

Du bleibst, bis wir alle gehen.

MANDELSTAM:

Sie verehrt den Mann seitdem.

THEOBALD:

Darauf muß ich einen Schnaps trinken. Geht jemand noch für eine Viertelstunde mit in den Goldenen Korb?

SCARRON:

Ich bin verwirrter als ich es auszudrücken vermag. Zum erstenmal tritt mir solche Auffassung des Lebens als Überzeugung entgegen.

THEOBALD:

Eines kleinen Mannes.

SCARRON:

Eines Mannes immerhin. Sie ließen, fühle ich, unter keiner Bedingung von ihr.

THEOBALD:

Unter gar keiner. Weil ich ins Wasser fiele.

SCARRON:

Es wäre eine Aufgabe. Sie muß versucht werden.

THEOBALD:
Geben Sie sich keine Mühe.

MANDELSTAM:
Ich halte es auch für vergeblich.

THEOBALD:
Eventuell ließe ich mir drüben bei einem Gläschen Schnaps die Sache gefallen.

SCARRON:
Vor allem nehmen Sie die Angelegenheit gefälligst so ernst wie ich.

THEOBALD:
Nein! Sonst wäre es mit meiner Höflichkeit vorbei, und manches Wort, das ich leiden durfte, fände ein Echo, das nicht nur für den andern bedenklich wäre. Also kommen Sie!

SCARRON:
Selbst wenn Sie von einer Theorie unveränderlicher Werte ausgehen –

THEOBALD:
Mandelstam, Sie auch. Es gibt ein ausgezeichnetes Münchener.

MANDELSTAM:
Ich gehe schlafen.

THEOBALD:
Jeder nach seiner Fasson.

Er geht mit Scarron.

SCARRON *neben Theobald heftig gestikulierend:*
Selbst wenn Sie mit Kant annehmen – –

Beide exeunt.

MANDELSTAM:
Nach dem Gespräch muß ich vieles mit anderen Augen ansehen. An der Seite dieses vierschrötigen Schädels zu leben, ist Hölle. Auch sonst habe ich schon Begriffsstutzigkeit getroffen, doch solche Verbohrtheit – das ist ein

Viechskerl! Dazu eine plumpe Vertraulichkeit, weil ich beiläufig erwähnte, ich sei der Stärkste nicht. Neben solcher Kreatur wirkt natürlich Herr Scarron wie der liebe Gott, reicht der Vergleich. Es gehört außerdem teuflische Brutalität dazu, einem Menschen ein Nordostzimmer anzuhängen, von dem man annimmt, seine Gesundheit sei völlig zerrüttet.

LUISE:

Sie waren mit Herrn Scarron einer Meinung, man müßte mit niemand Mitleid haben.

MANDELSTAM:

Mitleid, wer will das? Anstand, Vornehmheit der Gesinnung verlange ich, wie sie, das, muß ich anerkennen, Herr Scarron in höchstem Maß bewies.

LUISE:

Womit?

MANDELSTAM:

Mit Worten. Packte er Sie nicht, empfanden Sie nicht, der Mann hat ein großes überströmendes Herz? Ist es nicht rührend, wie er noch am späten Abend versuchen will, Aufklärung in diesen Wasserkopf zu gießen? Freilich wird er nur das Grinsen ernten, das der Hausherr für mich hatte, als ich ihm sein Zimmer vorwarf.

LUISE:

Wir besaßen kein drittes.

MANDELSTAM:

So war es, vor diesem zu warnen, Ihre Pflicht.

LUISE:

Sie verlangten es!

MANDELSTAM:

Weil ich in Unkenntnis war.

LUISE:

Mir ins Gesicht behaupteten Sie, meiner Person nah zu

sein, müßten Sie unter allen Umständen auf dem Zimmer bestehen.

MANDELSTAM:

Wenn es aber den sicheren Tod für mich bedeutet!

LUISE:

Sie übertreiben.

MANDELSTAM *lacht auf:*

Übertreiben! Nordost für Brustschwache – da fehlt der Vergleich. Kommt hinzu, mit dem Bewußtsein solcher Tatsache müssen meine Nerven revoltieren. Baumrinde! Abbauen – man sieht förmlich, wie sie abblättert! Sie in Ihrer robusten Gesundheit, Backen, wie Schminke.

Er läuft in sein Zimmer.

Nicht mal Doppelfenster! Ohne wollenes Hemd krepiere ich noch diese Nacht, und meines ist in der Wäsche.

Er erscheint wieder.

Glauben Sie, Jahre sind nötig, einen geschwächten Organismus unter die Erde zu bringen?

Verschwindet wieder in sein Zimmer.

Sagte er doch selbst, sein Kollege müßte in drei Tagen sterben. Dazu funktioniert der Fensterriegel nicht.

Erscheint wieder.

Wie war die Sache mit dem Schlauch? Um Gottes willen, er sprach von einem Schlauch! Reden Sie ein Wort!

LUISE:

Sie erwähnten schon, es hängt mit den Nerven zusammen.

MANDELSTAM:

Ich bin konfus; jetzt ist mir gar, er sprach von zwei Schläuchen, und es sei, sie wieder zusammenzuflicken, unmöglich.

Er verschwindet wieder und brüllt:

Aber so ein Loch ist polizeiwidrig! Da stehen Schutzleute an allen Ecken, handelt es sich aber um einen armen Kerl wie mich, lassen sie ihn wie einen tollen Hund in einem Winkel verrecken!

Er erscheint wieder.

Was hat der Doktor immer mit mir gemacht? Warten Sie. Sehen Sie mir in den Hals!

Er reißt den Rachen auf.

LUISE:

Aber ich verstehe nichts davon.

MANDELSTAM:

Nein so!

Er wirft sich in einen Stuhl, schlägt die Beine übereinander.

Schlagen Sie gegen das Knie, so, mit der flachen Hand.

Und da Luise es tut, und sein Bein hochschnellt, schreit er auf:

Ich bin verloren! Natürlich, die eine Nacht nach Nordost hat mich völlig entwurzelt!

LUISE *fassungslos:*

Aber – –

MANDELSTAM *außer sich:*

Und da behaupten Sie Mitleid!

LUISE *den Tränen nah:*

Sie wollten doch um alles in der Welt in meine Nähe.

MANDELSTAM *brüllt:*

Das ist Grabesnähe, ist ungeheuerlich! Darüber wird man noch reden müssen!

Er läuft in sein Zimmer, die Tür ins Schloß werfend, die er von innen verschließt.

Luise steht bewegungslos.

Zweiter Auftritt

Deuter erscheint vor der Glastür.
Luise öffnet ihr.

DEUTER:
Beide treffe ich Arm in Arm vor der Haustür?

LUISE:
Woher kommst du so spät?

DEUTER:
Aus der Komödie. Ein prachtvolles Stück von Sternheim. Später erzähle ich. Du hättest ihn sehen müssen, er funkelte förmlich.

LUISE:
Wer?

DEUTER:
Der Riese nicht, obgleich er nicht übel dabei stand. Er, unser Held! Sphäre von Gewalt und Mannheit um ihn!

LUISE:
Ach –!

DEUTER:
Von seiner Erscheinung fiel ein hübscher Abglanz auf Theobald, der bewegter schien als sonst. Den ganzen Tag durftet ihr beieinander sein! Erzähle, was wurde, was geschah? Ich brenne.

LUISE:
Still! Mandelstam ist daheim.

DEUTER:
Laß mich dir in die Augen tief hineinsehen. Bei Händen, beiden Armen laß mich dich fassen.

LUISE:
Warum, Trude, willst du das?

DEUTER:
Deines Glückes Atem trinken. In diesem Diwan saß

er, deinem Wesen nah und näher jeden Augenblick. Schließlich gegen die Lehne gepreßt, vermochtest du nicht auszuweichen, mochtest nicht. Rede, was er tat.

LUISE:

Ich erinnere mich nicht.

DEUTER:

Spitzbübin, du bestiehlst mich. Ich will die lückenlose Beichte. Scheu dich nicht, Luise, ich las mehr, als du glaubst, träume dergleichen. Sah ich es nicht, ist es mir gleichwohl bekannt. Wie begann's. Er legte den Arm um dich?

LUISE:

Irgendwo saß er im Zimmer.

DEUTER:

Du?

LUISE:

Am Tisch.

DEUTER:

Dann trat er zu dir.

LUISE:

Blieb, wo er war.

DEUTER:

Und?

LUISE:

Sprach.

DEUTER:

Kannst du es wiederholen? Herrliche Dinge.

LUISE:

Hatte ein Rauschen im Ohr.

DEUTER:

Gewitter lud er in dich. So muß es sein, das habe ich gelesen. Und vor der männlichen Gewalt wird dir der Leib schwach. Füße versagen den Dienst.

Luise:
Für einen Augenblick war jeder Sinn von mir vergangen.
Deuter:
Glückselige! Dann?
Luise:
Kam zu mir er.
Deuter:
Luise! Und?
Luise:
Sprach.
Deuter:
Und?
Luise:
Sagte.
Deuter:
Und?
Luise:
Sprach.
Deuter:
Weiter? Als er alles gesagt hatte?
Luise:
Ging er.
Deuter:
Was?
Luise:
Ging.
Deuter:
Was er tat?
Luise:
Ging.
Deuter:
Rief: ich liebe dich!
Luise:
Ja.

DEUTER:
Du?
LUISE:
Auch.
DEUTER:
Bin dein!
LUISE:
Das – –
DEUTER:
Du auch?
LUISE:
Aus meinem Herzen!
DEUTER:
Dann?
LUISE:
Ging er.
DEUTER:
Wohin?
LUISE:
In sein Zimmer.
DEUTER:
Du folgtest?
LUISE:
Nein.
DEUTER:
Unglückselige!
LUISE:
Da er die Tür schloß, trat ich nach, wagte zu klopfen.
DEUTER:
Klopftest?
LUISE:
Doch öffnete er nicht.
DEUTER:
Wie? Schloß sich ein? – Jetzt habe ich's, Mandelstam war da!

Luise:

Nein.

Deuter:

Bist du sicher? Nicht in der Nähe, ohne daß du ihn sahst? Er aber hatte ihn bemerkt?

Luise:

Ha!

Deuter:

Denk nach.

Luise:

Wirklich trat gleich Mandelstam ein.

Deuter:

Ha!

Luise:

Mir fällt es überraschend ein.

Deuter:

Siehst du! Meinen Helden mir verstellen! Zu weit gerissen in seiner Gebärde, bemerkt er den schleichenden Fuchs, vor dem ich ihn gewarnt. Da fällt Rede und Geste in den Alltag, schonend entfernt sich überstürzt der Zartfühlende, des Intriganten gierige Augen sehen die Frau gehörig allein. Wie recht ich hatte, wie wenig du ihn begreifst. Benutzte er nicht die erste sich bietende Gelegenheit, den Liebesschwur zu erneuern?

Luise:

Doch und zeigte Eifersucht dem Barbier.

Deuter:

So machte ich mir sein Bild in der Ferne richtiger als du, da du ihn vor dir sahst.

Luise:

Nachher aber im Gespräch der Männer –

Deuter:

Wovon handelten sie?

LUISE:

Da war es ganz verloren. Ich ging hinaus und mußte weinen.

DEUTER:

Fälschlich geweint hast du so.

LUISE:

Dann war falsch, was ich Abscheu nannte gegen meinen Mann und Zuneigung zu diesem. Dann war vom ersten Tag des Lebens Täuschung alles in mir, trog das Elend, das mir bei seinen ferneren Reden die Kehle schnürte.

DEUTER:

Du hast ihn in jenen Augenblicken so wenig verstanden wie seine frühere Schonung. Nicht aufgenommen, was er im Schild führte. Höre und trau meiner tiefsten Überzeugung: er bereitet die Tat vor, die dich mit einem überwältigt.

LUISE:

Ich bin in Verzweiflung, für ewig unglücklich.

DEUTER:

Kleingläubige, nicht umsonst zieht er den Gatten nachts von deiner Seite, nicht um Geringes fasziniert er ihn durch Lebensfeuer, verstrickt ihn in Bedenken und Probleme. Wärest du mit mir in der Komödie gewesen, du bautest auf dein bevorstehendes Glück. Da erschien ein Mensch, der Mauern ersteigt, Tore sprengt, Feuer legt, der Geliebten nah zu sein. Da gießt sich in Strömen die Überzeugung von des Mannes Gewalt auf uns arme Brut. Törin, was beginnen wir? Die Zeit, die wir verratschen, stehlen wir dem wartenden Helden. Gute Nacht, Kuß! Ich schwöre bei den Gebeinen aller Heiligen, es geschieht! Still, leg dich, husch, lösch alle Lichter. Er kommt!

Sie huscht hinaus.

Luise:

Wär's möglich?

Sie sitzt unbeweglich, lauscht. Dann geht sie zum Fenster, schaut hinaus. Setzt sich, steht auf, tritt ins Schlafzimmer, in dem sie Licht zündet. Zurückkommend beginnt sie, das Antlitz an die Flurtür gepreßt, sich langsam zu entkleiden. Da hallen Schritte aus dem Treppenhaus. Sie löscht das Licht auf der Szene, steht bebend. Doch verliert sich der Ton. Sie sagt:

Nein!

Mechanisch knöpfen ihre Finger weiter. Jetzt nähert sie sich Mandelstams Tür, deren Klinke sie berührt, geht schleppenden Schritts in die Mitte der Bühne zurück. Dort bleibt sie, von hinten beleuchtet, in Hemd und Hose, sich langsam in ewiger Wiederholung das offene Haar kämmend, während Mandelstams Schnarchen die Luft erschüttert.

Vorhang.

Vierter Aufzug

Erster Auftritt

Der gleiche Raum.

THEOBALD *ruft ins Schlafzimmer:*

Wie liederlich du den Hosenträger wieder geflickt hast! Davon darf nicht die Rede sein, daß ich über die beiden Kerls vernachlässigt werde.

LUISE *kommt und schenkt ihm Kaffee ein.*

THEOBALD:

Keiner von ihnen ist zum Glück da. Auf Scarron ist vor Mittag nicht zu rechnen. Nachdem er bis zwei Uhr nachts wie ein Halluzinierter auf mich eingesprochen, mußte ich den Todmüden auf ausdrückliches Verlangen in seine Wohnung Nummer eins bringen, weil dort das Bett besser sei. Fünf halbe Liter, drei Schnäpse habe ich getrunken, und die Folge war ein veritabler Durchfall.

LUISE:

Er kommt nicht.

THEOBALD:

Ich verstehe nicht, wie man so fest schlafen kann wie du, wenn einer fortwährend läuft.

Wo ist der Honig?

LUISE:

Keiner mehr da.

THEOBALD:

Schauerwirtschaft! Schaff wieder. Dazu liebe ich nicht, Wäschestücke von dir auf meinem Stuhl zu finden. Du läßt mich aus dem Predigen nicht herauskommen.

LUISE:

Ich hatte mit Mandelstam noch einen Auftritt wegen seines Zimmers nach Nordost und sank zu Bett.

Theobald:

Dieser Mensch ist völlig verrückt! Was fällt ihm bei, Norden und Osten für minderwertige Himmelsgegenden zu halten. Im Osten geht die Sonne auf, jeder Maler will nach Norden wohnen, und ein jämmerlicher Bader beansprucht für fünf Taler womöglich Westen und Süden dazu.

Luise:

Für seine kranke Brust wäre in der Tat der Süden zuträglicher. Und du sagst, Herr Scarron kommt heute nicht; wie ist das möglich?

Theobald:

Putz dir gefälligst die Nase, du sprichst verstopft. Was heißt das, wie das möglich ist? Er war angetrunken, ihm wird heute nicht zum besten sein.

Luise:

Angetrunken?

Theobald:

Besoffen, rundheraus. Zuletzt war es ein Jammer, ihn zu sehen. Trotz seines Zustandes verließ ihn die Idee nicht, mich bekehren zu müssen. Schließlich schien er von der Tarantel gestochen.

Luise:

Mein Gott!

Theobald:

Eine seltsame Zierpflanze in Gottes Garten ist der Mann. Dazu riecht er aus dem Mund.

Luise:

Theobald! Aber er hatte, hat er nicht bisweilen Heldenhaftes?

Theobald:

Wie in einem Roman meinst du?

Luise:

Wie in einem Roman.

Theobald:

Gott – Luise: ein tüchtiger Mensch ist er nicht. Müßte er für deinen Geschmack nicht um vieles heldenhafter sein – den Mangel auszugleichen?

Luise:

Doch.

Theobald:

So unernst ist, was er beginnt. Im Grund, glaube ich, ist er der Marotte, die ihn zur Arbeit hertrieb, auch wieder satt. Mir kann's gleich sein. Er hat schriftlich auf ein Jahr gemietet.

Luise:

Läßt du mich heute zur Kirche? Ich habe Not.

Theobald:

Sicher, Taube. Wohl bedacht finde ich's. Die vergangene Woche trug in deiner gefallenen Hose große Gefahr für uns beide in sich. Du tust nur deine Pflicht, dankst du dem Schöpfer. Inzwischen erwäge ich eine folgenschwere Absicht in meinem Hirn völlig zu Ende.

Luise:

Sag sie!

Theobald:

Da bist du neugierig. Mit Recht. Kommst du zurück, Luise; laß mir noch ein Stündchen darüber. Du wirst staunen!

Luise:

Ja?

Sie geht in den Alkoven.

Theobald:

Was schaffst du?

Luise:

Die Gardine gehört in unser Zimmer aufgemacht. So kann uns ja jeder hinübersehen.

THEOBALD:

Fall mir nicht vom Fensterbrett.

Er folgt ihr. Man hört ihn drinnen.

Was das Weibchen für stramme Waden hat!

Zweiter Auftritt

MANDELSTAM *tritt ein, setzt sich hastig zum Kaffeetisch, schickt sich gierig zu essen an. Tritt, die Tür zu schließen, an den Alkoven.*

Wie?!

Als er Theobald erkennt:

Verzeihung!

THEOBALD *verlegen:*

Ich hörte Sie nicht kommen. Wir schaffen die Gardine in unser Zimmer hinüber.

MANDELSTAM:

Gefrühstückt?

Er setzt sich.

THEOBALD:

Doch.

LUISE *geht über die Szene ins Schlafzimmer.*

MANDELSTAM:

Guten Morgen, Frau Maske.

THEOBALD:

Sie scheinen gut ausgeschlafen.

MANDELSTAM:

Die Erregung, in die Sie mich versetzten, überwältigte mich derart mit Schlummer – wirklich ausgezeichnet geschlafen.

THEOBALD *lacht.*

Trotz Nordosts?

MANDELSTAM:
Wirklich. Obwohl –

THEOBALD:
Ein Obwohl?

MANDELSTAM:
Das Bett ist gut.

THEOBALD:
Besser als der weichste Bauch.

MANDELSTAM:
Obwohl –

THEOBALD:
Hören Sie die Straße?

MANDELSTAM:
Keinen Laut, obwohl –

THEOBALD:
Die Morgensonne stört?

MANDELSTAM:
Nichts liebe ich so – freilich –

THEOBALD:
Ist bei so vielen Vorzügen der Preis von fünf Talern zu billig. Sie verdanken ihn meiner Frau.

MANDELSTAM:
Nicht aber, daß Sie mich bei Gelegenheit steigern.

THEOBALD:
Fürs erste nicht.

MANDELSTAM:
Das ist unklar ausgedrückt, da weiß man sich an nichts zu halten. Es ist gerecht, einen Termin festzulegen.

THEOBALD:
Warum wollen Sie sich binden?

Dritter Auftritt

LUISE *kommt.*

MANDELSTAM:

Bekomme ich heute keinen Honig?

LUISE:

Nirgends in der Welt erhält man Honig ohne ein Extra.

MANDELSTAM:

Meinte, er sei einbeschlossen.

LUISE:

Dann irrten Sie. Der Zucker ist ohnedies seither im Handumdrehen zu Ende.

Zu Theobald:

Auf Wiedersehen.

THEOBALD:

Und recht überlegt!

LUISE *exit.*

THEOBALD:

Warum wollen Sie sich binden? Stellt wirklich der Arzt Ernsteres fest, findet Nordost für Sie nicht unbedenklich, sind Sie in Verlegenheit. Das Bett ist freilich gut. Die Matratze ein Roßhaar, wie Sie's heute am Vollblut nicht mehr finden.

MANDELSTAM:

Unbestreitbar.

THEOBALD:

Morgensonne und tiefste Ruh. – Wie's so geht, kurz vor Ihrem Kommen hatten wir beschlossen, das Bett durch ein anderes zu ersetzen. Fräulein Deuter, eine Hausgenossin, hatte uns sechzig Taler dafür in die Hand geboten.

MANDELSTAM:

Das dürfen Sie nie und nimmer tun!

THEOBALD *ist in Mandelstams Zimmer getreten.*

So ein Daunenzudeck! Und hat die Frau nicht gegen

mein ausdrückliches Verbot ein zweites Kopfkissen hineingetan!

MANDELSTAM:

Es kurz zu machen: auf ein Jahr. Wir verstehen uns, Herr Maske.

THEOBALD:

Ihr leidender Zustand –

MANDELSTAM:

Ich fühle mich wie ein Riese.

THEOBALD:

Von Tag zu Tag steigen die Preise in dieser Gegend. Nach drei Monaten ist das Zimmer acht Taler statt fünf wert.

MANDELSTAM:

Sie werden mich so erregen, daß der Vorteil der Nacht in Frage steht.

THEOBALD:

Ein Äußerstes zu tun. Sechs Taler.

MANDELSTAM:

Ich kann nicht.

THEOBALD:

Besser so.

MANDELSTAM:

Also gut, ein Ende zu machen, gut. Bismarck und Luther hatten Sie im Maul, ich hätte so was nicht gedacht.

THEOBALD:

Abgemacht!

MANDELSTAM:

Auf ein Jahr. Und setzen wir ein Wort darüber auf. Ich schreibe: Herr Maske vermietet Herrn Mandelstam bis zum 15. Mai ... ein Zimmer einschließlich Morgenkaffees.

THEOBALD:

Ohne Honig.

MANDELSTAM:

Um sechs Taler. Das im Zimmer befindliche Bett darf nicht durch ein anderes ersetzt werden. Unterschreiben Sie.

THEOBALD:

Wenn's meiner Frau nicht recht wäre. Sie findet Sie abscheulich.

MANDELSTAM:

Mein Gott, wir haben nichts miteinander zu tun.

THEOBALD:

Da Sie ihr als Hausgenosse unsympathisch sind. Sie fühlt sich behindert.

MANDELSTAM:

Nicht durch mich. Mit tausend Eiden will ich's ihr bekräftigen. Sie schiert mich nichts, soll tun und lassen, was sie mag. Jagen Sie mich doch nicht auf die Straße! Ich gebe ja zu, das Bett ist gut. Bei meinem elenden Zustand – seien Sie barmherzig!

THEOBALD:

Also – da Sie mich nicht loslassen. Ein Unmensch bin ich nicht.

Er schreibt.

Da steht's: Theobald Maske.

MANDELSTAM:

Fände sich noch ein Lehnstuhl überflüssig?

THEOBALD:

Ich zerreiße es lieber – meine Frau –

MANDELSTAM *reißt das Blatt an sich:*

Hol der Teufel Ihre Frau!

THEOBALD:

Gute Hausgenossenschaft dann!

MANDELSTAM:

An mir wird's nicht fehlen.

Er sieht in sein Zimmer hinein.

Da hätten Sie das Bett in meinem bisherigen Unterkommen sehen müssen. Ein Marterkasten. Und von allen Seiten unaufhörlicher Lärm. Dazu eine Menagerie, ja – Flöhe, Wänzchen, Lieber; in die Tapete hatte ich mit ihnen aus Stecknadeln Richard Wagners Namenszug als Muster gesteckt.

Er lacht.

Gestern abend ließ ich mich ein wenig gegen Sie hinreißen. Es war nicht schlimm gemeint.

THEOBALD:

Damit war ich sehr zufrieden. Übereinstimmung mit Herrn Scarron vor allen Dingen. Er zahlt gut, wir sind ihm Rücksichten schuldig.

MANDELSTAM *den Hut auf dem Kopf:*

An mir wird's nicht fehlen.

THEOBALD:

Wohin wollen Sie heute?

MANDELSTAM:

Ins Parkhaus hinaus.

THEOBALD:

Benutzen Sie den freien Tag nicht besser, einen tüchtigen Arzt zu befragen?

MANDELSTAM:

Nicht, solange es mir wie heute geht.

THEOBALD:

Wie heißt sie denn?

MANDELSTAM:

Noch gar nicht. Die letzte Frieda. Jetzt hat sie einen Techniker.

THEOBALD:

War sie stramm?

MANDELSTAM:

Mächtig. Darauf sehe ich. Heute beim Feuerwerk findet sich schon wieder anderes.

Exit.

THEOBALD:

Es fiel mir nur beiläufig ein, ihn zu überfordern. Ein ausgemacht schwaches Hirn, dummer Kerl. Achtzehn Taler zusammen, 18 mal 12 ist 180 – – ist 216 Taler auf ein Jahr. Die Wohnung kostet 115. Bleiben hundertundzehn. Siebenhundert verdiene ich, macht's achthundertundzehn, achthundertelf Taler, und wir wohnen umsonst. Es geht, geht, wird sich machen lassen. Das ist schön, vortrefflich. Wer ist das?

Vierter Auftritt

DEUTER *steht vor der Tür.*

THEOBALD *ihr öffnend.*

Nur hereinspaziert, Fräulein. Gerade sprach man von Ihnen.

DEUTER:

Wer?

THEOBALD:

Ein Balbier und ich.

DEUTER:

Der üble Kerl.

THEOBALD:

Schien stark für Sie interessiert, Fräulein.

DEUTER:

Lassen Sie den Witz.

THEOBALD:

Hatte sanften Augenaufschlag und sagte Trude.

DEUTER:

Woher weiß er meinen Rufnamen?

THEOBALD:

Wer, der das Glück hat, mit Ihnen unter einem Dach zu sein, weiß ihn nicht!

DEUTER:

Sie wollen mich aufziehen.

THEOBALD:

Sei Gott vor.

DEUTER:

Ist Ihre Frau hier?

THEOBALD:

Zur Kirche.

DEUTER:

Herr Scarron ist abwesend?

THEOBALD:

Er fand ein geblümtes Kleid an Ihnen gestern abend diskutierbar, wußte vor der Tür ein hübsches Wort für Sie.

DEUTER:

Das hieß?

THEOBALD:

Popottig.

DEUTER:

Was ist das?

THEOBALD:

Genau kann ich's nicht deuten. Aber es hat etwas. Was halten Sie so krampfhaft im Arm?

DEUTER:

Nichts für Sie. Herrn Scarrons Bezeichnung für mich finde ich albern. Ich kann nichts Angenehmes heraushören.

THEOBALD:

Mir gefällt sie und scheint passend.

DEUTER:

Daß Sie nicht wissen, was sie will –

Sie setzt sich aufs Sofa.

THEOBALD:
Am Klang –

DEUTER:
Klang –!

THEOBALD:
Ein Bild gibt es. Man denkt ein Paar runde Arme, allerhand.

DEUTER:
Albern. Von einer Frau heißt es häßlich oder hübsch.

THEOBALD:
Oder spinös oder popottig.

DEUTER:
Spinös – – ach Gott, ich bin eine alte Jungfer.

THEOBALD *der ihr das Paket genommen und geöffnet hat:*
Das ist eine Hose! Und was für eine! Rosa Schleifchen von Seide und Spinnweb ein Stoff. Wer so etwas tragen will, spricht das alte Jungfer hin, eine Schmeichelei herauszuzaubern.

DEUTER:
Glauben Sie?

THEOBALD:
Bejahrte Schaluppen ziehen nicht Segel von Seide auf.

DEUTER:
Um noch begehrt zu sein.

THEOBALD:
Im Märchen. Im Leben sparen sie die unnütze Ausgabe.

Er hält die Hose ausgebreitet in die Luft.

Schmiß hat das Ding, und sitzt's der Besitzerin angegossen, gelingen die hübschesten Vorstellungen mit ihm.

DEUTER:
Herr Maske! So kenne ich Sie nicht.

THEOBALD:
Überhaupt mich nicht. Gewissermaßen war ich Ihnen

bis heute sogar unsympathisch, ließ es, weil's mir in den Kram ging. Aber da kommen Sie gestern mit dem verteufelten Kleid, heut in der verschmitzten Hose –

DEUTER:

Ich trage sie züchtig auf Armen, sie Ihrer Frau zu zeigen.

THEOBALD:

Wenn alles gut und richtig geht, gehören weiße Strümpfchen dazu.

DEUTER:

Daß Sie über so etwas denken!

THEOBALD:

Gutes Mädchen, wissen Sie genau, ob meine Gedanken nicht schon mit Ihnen beschäftigt waren? Mir ist ganz so. Wie Sie mich jetzt ins Gespräch über diese delikaten Dingerchen bringen, bin ich Ihren Vorzügen, die Sie bei Gott deutlich sichtbar haben, nicht so fremd, wie es bis eben scheinen mochte.

DEUTER:

Wüßte Ihre Frau darum.

THEOBALD:

Sie weiß nichts. So etwas würde ich ihr nicht erzählen, weil es ihr Kummer machte. Das treibe ich im geheimen. Nicht oft, doch mit Vergnügen.

DEUTER:

Jeder Mensch ist schließlich nur ein Mensch.

THEOBALD:

Gar nicht schließlich. Ich vom vierzehnten Jahr ab.

DEUTER:

Zweiunddreißig bin ich. Ein Mädchen hat es nicht so leicht.

THEOBALD:

Nicht gerade schwerer.

DEUTER:

Meine Eltern waren unbeschreiblich streng. Vater schlug

mich wegen einer versäumten Minute, starb nicht, bis ich neunundzwanzig war.

THEOBALD:

Das ist hart.

DEUTER:

Dann zog ich hierher; doch unter den Augen der vielen alten Weiber im Haus –

THEOBALD:

Ist Ihre Wohnung verschlossen?

DEUTER:

Ich machte zu, als ich heraufging. Jeder spioniert in diesem Haus.

THEOBALD:

Zehn Uhr zwanzig –

Nun weiß ich's. Eines Abends sah ich zufällig aus den Fenstern unseres Zimmers hinunter zu Ihnen, als Sie –

DEUTER:

Ich gehe wieder. Ihre Frau wird zurückkommen.

THEOBALD:

Nicht vor einer Stunde.

Er steht in der geöffneten Tür des Schlafzimmers.

Schauen Sie, wie deutlich sichtbar Ihre Stube vom Platz an meinem Bett ist.

DEUTER *geht auf ihn zu:*

Wirklich?

Die Tür fällt hinter beiden ins Schloß.

Fünfter Auftritt

SCARRON *tritt nach einem Augenblick durch die Flurtür ein, sieht sich suchend um.*

Es klopft an die Flurtür; Scarron öffnet.

Sechster Auftritt

Der Fremde:

Man sagt mir unten im Haus, hier sei ein Zimmer zu vermieten.

Scarron:

Der Vermieter ist nicht anwesend. Vielleicht bemühen Sie sich später noch einmal herauf. Soviel ich weiß, ist im Augenblick ein Zimmer nicht frei.

Der Fremde:

Die Hausmeisterin behauptet das Gegenteil.

Scarron:

Bestimmtes kann ich freilich nicht sagen –

Der Fremde:

Ob viele Kinder im Haus sind, Klavier gespielt wird – vermögen Sie Auskunft zu geben?

Scarron:

Nein.

Der Fremde:

Danke. Wann wird der Hausherr zurücksein?

Scarron:

Auch darüber vermag ich nichts zu sagen.

Der Fremde:

Guten Tag.

Exit.

Scarron *geht in sein Zimmer.*

Siebenter Auftritt

THEOBALD *sieht aus der Schlafstube.*
Wer war das?
Geht zu Scarrons Tür, horcht und läuft zur Schlafstube.
Komm! Scarron ist zurück.

DEUTER *kommt:*
Hast du mich lieb? Wann sehe ich dich wieder? Heute noch? Morgen früh, ehe du gehst!

THEOBALD:
Wir wollen nichts übertreiben. Ich will mir überlegen, wie wir am besten fahren. Schließlich, denke ich, setzen wir einen bestimmten Tag der Woche fest, für den ich alle Dispositionen treffe.

DEUTER:
Einmal nur soll ich dich in sieben Tagen sehen. Was tu ich die übrigen, da mir von nun an jede Minute ohne dich Ewigkeit bedeutet?

THEOBALD:
Nimm dich zusammen. Aus deiner Ungeduld kann dir sonst ein Verhängnis werden. Läßt du's mit wenigen Malen gut sein, wird es uns beiden zur größten Annehmlichkeit gereichen.

DEUTER:
Aber –

THEOBALD:
Nichts sonst. Und meine Frau schicke ich dir besser hinunter, willst du sie heute noch sprechen.

DEUTER:
Eigentlich habe ich nichts mit ihr zu schaffen.

THEOBALD:
Um so besser. Und keine Grimasse für sie, kein schiefes Wort, das sie treffen möchte.

Achter Auftritt

SCARRON *kommt.*

Guten Morgen. Soeben war ein älterer Herr im Vollbart hier, der ein Zimmer von Ihnen zur Miete möchte.

THEOBALD:

Hallo. So darf man darauf bauen, das Geschäft ist im Gang.

DEUTER:

Ich gehe wieder.

THEOBALD:

Hätte ich Mandelstam besser abgewiesen?

DEUTER:

Wo ließ ich mein Päckchen?

SCARRON *reicht ihr die in Papier eingeschlagene Hose.*

Voilà.

DEUTER:

Ich danke Ihnen, Herr Scarron. Guten Morgen.

Exit.

THEOBALD:

Wieder hergestellt?

SCARRON:

Da Sie mich für tot in meinem Hausgang ließen, haben Sie ein Recht auf diese Frage. Doch was geschah, wird Sie verwundern. Daß nämlich aus sinnloser Theorie mich wieder aufzuraffen, ich Notwendigkeit spürte, die stärker als der hinfälligste Körper war. Während Sie nach Hause wankten –

THEOBALD:

Leibschmerzen hatte ich, sonst war ich gut beisammen.

SCARRON:

In der Tat hatte mich Ihrer Meinung Bestimmtheit gepackt, ich fühlte trotz der überwachten Kräfte Errungenschaften von Jahren in Frage stehen.

Theobald:

Ich bitte Sie, eines subalternen Beamten Meinung.

Scarron:

Sie war mir so Ereignis geworden, daß es, auf der Stelle mir die Wahrhaftigkeit meines Evangeliums wiederherzustellen, galt.

Theobald:

Mitten in der Nacht?

Scarron:

Und Gott war gnädig. Wahrend ich mit wirrem aufgeschrecktem Hirn einen Flußrand auf- und niederlaufe, merke ich, ein Schatten folgt mir.

Theobald:

Ah!

Scarron:

Und da ich stillstehe, ragt ein Weib vor mir auf.

Theobald:

Wieso: ragt auf?

Scarron:

Unterbrechen Sie nicht. Mit leeren Augen stierte sie mich an.

Theobald:

Verflucht!

Scarron:

Leibhaftige Sorge um Brot und Gott. Die ersten Minuten waren hinreißende Aussprache nur mit dem Blick der Augen. Mehr als ein Sakrament vertraute sie mir an, Leib und Seele goß sie in mich, machte mich zum Mitwisser ihrer Schanden; und fabelhaft! – Mann – nie vorher im Umgang mit Kindern und der Madonna war Keuschheit mit solcher Inbrunst wie aus dieser Hure mir nah. Und alsbald merke ich: Ihr mit Emphase vorher ausgesagtes Urteil von der Unveränderlichkeit aller Werte – das nämlich ist der platte Sinn Ihrer Lebensauffassung –

Theobald:

So?

Scarron:

Ungültig wurde es vor diesem Weib, das mich dafür belohnte, Jahr um Jahr den inneren Glauben an des Menschengeschlechts Entwicklungsmöglichkeit gestärkt, unablässig die höchste Forderung an die Ausbildung meiner psychologischen Aufnahmefähigkeit gestellt zu haben.

Theobald:

So?

Scarron:

Ich folgte ihr in ein elendes Heim, und was ich beim Schein einer qualmenden Lampe ihrer verriegelten Brust entriß, war Wort für Wort Geständnis einer so hohen, neuen, nie erklommenen Menschengröße, daß ich vor der Strohmatratze in die Knie sank.

Theobald:

Lag sie schon in der Falle?

Scarron:

Gebete tat voll schauerlicher Kraft der Demut. Mein Haupt hätte ich nicht erhoben, hätte sie es mit ihrem dornengesprungenen Fuß getreten.

Theobald:

So was kommt vor.

Scarron:

Mein Gott, wie elend seid ihr vor solchem Gefühl. Zu jeder Stunde bot sie ihren Leib der Gemeinheit der Männer, und mit jedem Tag hob sie sich kraft ihres Leides näher dem Allwissenden.

Theobald:

Die Mädchen haben alle ein gutes Herz.

Scarron:

Als uns die Morgensonne traf, fand sie mich ihrer nicht ebenbürtig.

THEOBALD:

Was zahlten Sie?

SCARRON:

Ich verarge Ihnen die Frage nicht. Zwischen uns liegen Meere. Was würden Sie für ein Gelächter anheben, sagte ich Ihnen: ich hätte nicht gewagt, sie zu bitten, mein eheliches Weib zu sein.

THEOBALD *besorgt:*

Geschlafen haben Sie noch nicht? Sehen recht elend aus.

SCARRON:

Schlaf gibt es nicht für mich, bis ich über diese Seele so völlige Klarheit habe, daß ich sie der Menschheit wiedergestalten kann. Wollen Sie mir glauben, gestern hatte ich einen Augenblick die Absicht, Sie, Herr Maske, zum Helden eines Kunstwerks zu machen; heute fühle ich mit ungleich stärkerer Gewalt: über die Tauglichkeit zum künstlerischen Objekt entscheidet nur das psychologische Volumen.

THEOBALD:

Ein Kreuz ist's mit den Fremdwörtern. Was ist Psychologie?

SCARRON *lächelt:*

Ich vergaß, Sie Armer; es wurde Ihnen schwer, mir zu folgen?

THEOBALD:

Viel verstand ich nicht. Sie waren diese Nacht mit einem Weib zusammen.

SCARRON:

Mit einem Engel!

THEOBALD:

Einem gefallenen.

SCARRON:

Sie Erzspießbürger.

THEOBALD:

Und was Psychologie ist, wollen Sie nicht sagen?

SCARRON:

πάντα ῥεῖ. Alles ist veränderlich. Und Gott sei Dank auch Gut und Böse.

THEOBALD:

Herrgottsakrament, das ist gefährlich!

SCARRON:

Das ist es! Doch so lebe ich, sterbe ich. – Nun sollen Sie mir eins nicht verübeln, sage ich Ihnen, ich gehe wieder von Ihnen.

THEOBALD:

Aber Sie haben für ein Jahr Kontrakt!

SCARRON:

Den breche ich nicht. Zahle zwölfmal zwölf Taler gleich hundertundfünfzig Taler im voraus

Er zahlt.

und habe nichts dawider, geben Sie das freundliche Stübchen noch einmal weiter. Ihre Persönlichkeit, so gediegen sie innerhalb ihrer Sphäre ist, möchte ungünstig auf das, was meine nächste künstlerische Aufgabe ist, wirken. Sie verstehen?

THEOBALD:

Es sind sechs Taler zu viel.

SCARRON:

Lassen wir es gut sein.

THEOBALD:

Sie sind ein seltsamer Charakter.

SCARRON:

Ein Mann der Tat bin ich, das ist alles! Vermag nicht, ohne letzten Aufschluß zu bleiben, und darum zieht es mich unwiderstehlich zu jenem Weib, intimster Zeuge ihrer Lebensumstände zu sein; Gott hat es mir zur Pflicht gemacht, die letzten Tiefen menschlicher Verhältnisse auszumessen, und wie ich lange erhöht war, muß ich mich in Abgründe erniedrigen. Unerhörte Genüsse können meiner warten.

THEOBALD:
Sie sind ein Schlankel.

SCARRON:
Mißverstehen Sie mich nicht! Zu maßlosen Qualen.

THEOBALD:
Ich kenne mich aus. Man muß schauen, daß man nicht zu früh kaput wird. Eine gewisse Regelmäßigkeit vor allem.

SCARRON:
Unregelmäßigkeit, Mann! Sonst hänge ich mich auf.

THEOBALD:
Doch auch die mit einer gewissen Regelmäßigkeit.

SCARRON:
In kürzester Zeit hoffe ich, Ihnen ein Buch zu schicken, über das Sie Augen machen sollen.

THEOBALD:
Und haben Sie einen wohlhabenden Bekannten, der ein Zimmer braucht, rekommandieren Sie uns. Zu allererst, auf jeden Fall, würde ich ein paar Stunden schlafen.

SCARRON:
Herr Maske!

THEOBALD:
Aufrichtig!

SCARRON:
Weiß Gott – vielleicht kein übler Rat. Jetzt spüre ich die Müdigkeit selbst – leben Sie recht wohl.

THEOBALD:
Sie finden schon wieder her.

SCARRON:
Wo bekomme ich in nächster Nähe einen Wagen. Die verdammte Wendeltreppe.

Theobald *lacht:*
Haha, die Beine! Schlafen Sie aus.

Scarron *trifft im Abgehen im Eingang mit dem Fremden zusammen:*
Das ist der Herr, der das Zimmer möchte.

Exit.

Der Fremde:
Die Hausmeisterin sagte mir, Sie müßten in jedem Fall daheim sein. Sie haben ein Zimmer abzugeben, erfuhr ich?

Theobald:
Es trifft sich. Zwölf Taler inklusive Frühstück.

Der Fremde:
Das ist teuer.

Theobald:
Ein großer Raum. Sehen Sie selbst.

Der Fremde:
Kein Klavier in der Nähe, kleine Kinder, Nähmaschine, Kanarienvögel?

Theobald:
Nichts dergleichen.

Der Fremde:
Halten Sie Hunde, Katzen?

Theobald:
Nein.

Der Fremde:
Haben Sie heiratsfähige Töchter?

Theobald:
Nein.

Der Fremde:
Sie selbst sind verheiratet. Ist Ihre Frau jung?

Theobald:
Doch.

Der Fremde:
Gefallsüchtig?

Theobald:

Das wäre der Teufel.

Der Fremde:

Sie sind ständig auf der Hut?

Theobald:

Unbedingt. Und die Bequemlichkeit auf halber Treppe.

Der Fremde:

Jeden persönlichen Verkehr verbitte ich. Die Magd hat, ehe sie eintritt, dreimal zu klopfen. Anstatt des Kaffees nehme ich einen Tee, den ich aushändigen werde. Ich leide an Stuhlverstopfung, doch das ist meine Sache.

Theobald:

Durchaus Ihre.

Der Fremde:

Unter diesen Umständen will ich's probeweise auf einen Monat versuchen. Am fünfzehnten kann ich kündigen. Ich heiße Stengelhöh, bin wissenschaftlich tätig.

Theobald:

Abgemacht.

Der Fremde:

Die Magd hat in gesitteter Kleidung, nicht zerfetzt und durchsichtig, das Zimmer zu betreten. Meine Sachen sind in einer Stunde hier. Guten Morgen.

Theobald:

Guten Morgen, Herr Stengelhöh.

Der Fremde *exit.*

Theobald:

Ich nehme ihm Joseph vor Potiphar heraus, hänge Boa Constriktor im Kampf mit einem Löwen hinein.

Er trägt aus seinem Schlafzimmer ein Bild in das ehemalig Scarronsche Zimmer hinüber.

Neunter Auftritt

Luise *kommt.*

Theobald:

Trafst du Herrn Stengelhöh, Mann im Vollbart, auf der Treppe?

Luise:

Ich meine.

Theobald:

Er ist unser neuer Mieter. Das Geschäft ist unaufhaltsam im Gang. Er trinkt einen Tee, den er noch aushändigen wird, ist wissenschaftlich tätig.

Luise:

Scarron?

Theobald:

Recht, Scarron. Den habe ich durchschaut. Er ist uns satt, auf Nimmerwiedersehen nach Vorausbezahlung der Miete für ein Jahr verschwunden. Eine schöne Empfehlung läßt er ausrichten. Noch einiges könnte ich dir von ihm erzählen, doch behüte Gott mein Weib vor so lächerlichen Fanfaronaden. Ein Poltron war er, Buffo, der nach Veilchen roch. Mandelstam hingegen bleibt uns für ein Jahr, und ich richte ihn ab, mich umsonst zu balbieren. Hat dir der Kirchgang wohlgetan?

Luise:

Unsere große heilige katholische Kirche, Theobald!

Theobald:

Gewiß kein leerer Wahn.

Luise:

Wir sind heute ein Jahr verheiratet.

Theobald:

Wie die Zeit vergeht.

Luise:

Was muß ich dir kochen?

THEOBALD:

Weiß ich doch, du hast einen leckeren Schweinebraten im Hinterhalt.

LUISE:

Den richte ich mit Sauerkraut.

THEOBALD:

Und tust vorsichtig eine Zwiebel daran. Nun will ich aber auch mit meinem großen Geheimnis heraus: Die beiden Leute, die uns ins Haus fielen, haben uns in den Stand gesetzt – wozu, Luise?

LUISE:

Ich weiß es nicht.

THEOBALD:

Und rätst es nicht?

Leise:

Jetzt kann ich es, dir ein Kind zu machen, verantworten. Was sagst du?

LUISE *schickt sich schweigend an zu kochen.*

THEOBALD:

Doch setz ihn mit Butter an! Stengelhöh ist sehr eigen. Persönlichen Umgang mit uns will er gar nicht. Ob du gefallsüchtig seist, fragte er; leidet an Stuhlverstopfung.

Er läuft im Zimmer herum.

Die Uhr wie üblich trotz meines ewigen Appells nicht aufgezogen. Die Blumen wollen Wasser haben.

Er begießt sie.

Vor einer Stunde war die Deuter hier, wollte dir eine Hose zeigen, die sie sich gefertigt hat. Sieh doch mal zu, wie man heute eine Art Druckknopf an Stelle von Bändern verwendet. Mit diesen Knöpfen hätte die vermaledeite Geschichte auf der Straße, die uns so viel Verdrießlichkeiten brachte, nicht passieren können. Bei deiner notorischen Liederlichkeit bewahrt uns eine Ausgabe von wenigen Groschen vielleicht vor großem Schaden.

Er setzt sich zum Fenster und nimmt eine Zeitung.

Merkwürdige Dinge gibt es hinter den Tapeten des Lebens. Ich habe noch immer Leibschmerzen. Nur nicht solche Extratouren. Druckknöpfe – mitunter macht die Menschheit auch eine wirklich hübsche, sinnfällige Erfindung.

Das habe ich dir wohl schon gelesen: Die Seeschlange soll wieder in den indischen Gewässern aufgetaucht sein.

LUISE *mechanisch:*

Grundgütiger. Und wovon lebt so ein Tier?

THEOBALD:

Da streiten die Gelehrten. Mir ist schon die Nachricht von solchen Seltsamkeiten widerlich. Geradezu widerlich!

Vorhang

»Die Direktion des Münchener Lustspielhauses gibt sich die Ehre, zur Erstaufführung der Komödie *Die Hose* von Carl Sternheim einzuladen. Die Vorstellung ist nicht öffentlich ...«

So begann, am 20. Oktober 1911, die skandalumrauschte Aufführungsgeschichte von Sternheims Theaterstücken im wilhelminischen Deutschland. Verbote, Handgreiflichkeiten, Ehrenhändel begleiteten sie.

Die Hose ist das erste Stück des Zyklus *»Aus dem bürgerlichen Heldenleben«*, in dem Theobald Maske (»Beamter«) als Hauptfigur auftritt. Seine Frau Louise verliert auf offener Straße die in wilhelminischer Zeit unvorstellbare Hose, und so beginnt, zwischen Lächerlichkeit und Brutalität schwankend, eine wechselvolle Ehetragödie. Held bleibt, in seiner prallen Beschränktheit, Theobald Maske. »Man wird«, schrieb Franz Blei 1910 in der Schaubühne, *»Die Hose* in hundert Jahren die spirituellste Komödie unserer Zeit nennen.«

CARL STEINHEIM wurde 1878 in Leipzig als Sohn eines Bankiers geboren. 1908 zog er nach München und gründete mit Franz Blei die Zeitschrift *Hyperion*. 1912 bis 1928 wohnte er bei Brüssel, in St. Moritz, Uttwil, bei Dresden, wieder in Uttwil. Nach schwerer Nervenerkrankung 1928 übersiedelte er 1930 nach Brüssel, wo er 1942 starb.

Im Luchterhand Literaturverlag sind lieferbar: *Das Gesamtwerk in 10 Bänden* (1963 ff., auch einzeln zu beziehen), herausgegeben von Wilhelm Emrich unter Mitarbeit von Manfred Linke, der Briefwechsel zwischen Carl und Thea Sternheim: *Carl Sternheim Briefe I, Briefe II* (1988), herausgegeben von Wolfgang Wendler, und *Bürger Schippel, Komödie* (1963), außerdem von Egon Karter/Wolfgang Wendler: *Von Liebe noch nicht der Beweis*. Ein Drama um Carl und Thea Sternheim (1995).